Blutige Kufen

Ein Bayreuther Eishockeykrimi

ISBN 978-3-943160-05-5

Antje Haugg

Blutige Kufen

Ein Bayreuther Eishockeykrimi

ISBN 978-3-943160-05-5

KRIMYTHOS

Bibliografische Information der Deutschen Nationalbibliothek
Die Deutsche Nationalbibliothek verzeichnet diese Publikation in der Deutschen Nationalbibliografie; detaillierte bibliografische Daten sind im Internet über http://dnb.d-nb.de abrufbar.

Umschlaggestaltung:
Christa Helwig-Hallenberger - Kommunikationsdesign

Krimythos Verlag, Prof. Dr. Clemens Lorei
Eschersheimer Landstraße 508 • 60433 Frankfurt
Telefon/Telefax 0 69/51 37 54 • verlag@krimythos.de
www.krimythos.de

Printed in Germany

Der Ordnung halber möchte ich darauf hinweisen, dass fast alle Personen und sämtliche Handlungen in diesem Buch frei erfunden sind.
Nur eine einzige Person gibt es tatsächlich – und sie weiß, wer gemeint ist …

Prolog

Maralena stieg von ihrem Fahrrad und lehnte es an einen der großen grauen Felsen. Sie war zum Buchstein geradelt, zu den Sandsteinen im Wald, ein kleines Stück westlich von Bayreuth. Schwarz verkohlte Feuerstellen, herumliegende leere Flaschen und in die Felsen geritzte Initialen belegten, dass Maralena nicht die Einzige war, die gern hierher kam. Der Buchstein war ein beliebtes Ausflugsziel, aber an diesem kühlen, klaren Maiabend war hier niemand mehr zu sehen. Die meisten Jogger liefen nicht zwischen den Felsen herum, sondern blieben auf den Wegen in der Nähe. Pfadfindergruppen und Mountainbiker kamen meistens an den Wochenenden, und am Montag feierte hier kein Mensch eine Party, schon gar nicht bei knapp zehn Grad.

Maralena war also völlig allein an diesem Abend. Sie kletterte auf den höchsten Felsen und setzte sich so, dass sie den Sonnenuntergang durch die Bäume hindurch gut sehen konnte. Dann breitete sie eine helle Decke über den kalten Sandstein, packte ihren Picknickkorb aus und zündete eine Kerze an. Sie holte ein halbes Baguette und einen Becher Kräuterfrischkäse aus dem Korb. Gedankenverloren strich sie Käse auf ein Stück Brot und schenkte sich von dem Rotwein ein, den sie ebenfalls mitgebracht hatte. Sie seufzte und prostete der untergehenden Sonne zu.

„Auf Markus, den größten Lügner, den ich je geliebt habe ...“, flüsterte sie und trank einen großen Schluck. Sie behielt den Wein kurz im Mund, als wolle sie so viel wie nur möglich von seinem Geschmack spüren. Dann biss sie herzhaft von ihrem Baguette ab, holte ein Röhrchen Tabletten aus dem Korb und schüttete den

gesamten Inhalt in ihr halbvolles Weinglas. Mechanisch schwenkte sie das Glas zwei-, dreimal, bevor sie es kurzerhand zum Mund führte und leer trank. „Puh – grad hat´s besser geschmeckt.“ Sie schenkte Wein nach und leerte das Glas erneut. Eine Träne schimmerte in ihrem Augenwinkel, als sie flüsterte: „Markus, du hast mir mein Baby genommen. Und jetzt … So will ich nicht weiterleben. Ich schaff das nicht.“
Maralena nahm das Brotmesser und ließ die Klinge spielerisch über ihr Handgelenk gleiten. „Sicher ist sicher, oder?“, murmelte sie.
Plötzlich jedoch schien ein unsichtbarer Schleier von ihr abzufallen. Sie ließ das Messer sinken und starrte verstört auf die Klinge. „So weit ist es schon, dass nicht nur mein Baby tot ist, sondern ich auch noch sterben will?“, flüsterte sie. Gedankenfetzen umschwirrten sie wie winzige Fledermäuse, und einige davon fanden kurz Halt in ihrem Kopf. Nein, sie wollte noch nicht sterben. Sie wollte leben. Vielleicht fand sie eines Tages doch die eine große Liebe, bekam irgendwann doch noch ihr Baby … Maralena ließ das Messer mit angeekeltem Blick fallen, stand schwerfällig auf und sammelte die Reste ihres Picknicks ein. Sie würde nach Hause fahren und ihrem Bruder Adrian alles erzählen. Er würde für sie da sein, und wenn er sich wirklich nicht davon abhalten ließ, Markus zu vermöbeln, sollte er doch! Lange genug hatte sie diesen Lügner geliebt und geschützt, Schluss damit! Entschlossen, wenn auch sehr wackelig, packte sie den Picknickkorb und drehte sich um. Dabei rutschte ihr linker Fuß auf dem feuchten Moos weg und sie geriet ins Straucheln. Während Maralena den Korb fallen ließ und um sich schlug, verzweifelt bemüht, das Gleichgewicht wiederzufinden und nicht nach hinten wegzurutschen,

schwirrte ein letzter Gedanke durch ihren Kopf und setzte sich dort fest:
Steilseite – das ist die Steilseite!
Noch im Fallen wiederholte er sich wieder und wieder.
Das Letzte, was Maralena in ihrem zwanzigjährigen Leben sah, war ein einsamer Stern, der zwischen den hohen Kiefern am Abendhimmel leuchtete.

Knapp vier Monate später ...

Kapitel eins

Wieder eine schlaflose Nacht. Immer wieder aufs Neue bin ich überrascht darüber, plötzlich die Augen aufzuschlagen und hellwach zu sein. Ohne Vorwarnung, ohne Hinüberdämmern in unruhigen Halbschlaf. Zack – wach! Der Wecker zeigt 3:27 Uhr. Mein linkes Bein ist mal wieder eingeschlafen und beginnt wie verrückt zu kribbeln. Früher konnte ich immer durchschlafen. Aber das war in einem anderen Leben. In dem Leben, das Markus Jensen zerstört hat. Jede Nacht sehe ich ihn vor mir, kann nicht anders. Ich muss ihn mir bis ins kleinste Detail vorstellen. Die dunkle Locke, die ihm immer wieder in die Stirn fällt, egal wie hartnäckig er sie nach oben pustet. Das keltische Tattoo in seinem Nacken. Und dieser Blick ..., der ging einem durch und durch, irgendwie krank. Als hätte er sich was reingezogen. Er sah einen an und irgendwie trotzdem nicht. Vermutlich war es genau das, warum die Frauen so verrückt nach ihm waren: dieser Blick. Wie James Dean. Ich habe endlos Zeit, ihn mir genau vorzustellen. Zwei lange Stunden, obwohl ich eine Tablette genommen habe. Wie jede Nacht. Aber es dauert eben, bis ich wieder einschlafen kann ... Wie ich es hasse, die Nächte mit ihm zu teilen!

Die Spieler der Bayreuth Tigers sausten über das Eis, die Pucks knallten an die Bande – das Eistraining hatte wieder begonnen. Monatelang war das Bayreuther Eisstadion in tiefes Schweigen gehüllt gewesen, nur ab

und an unterbrochen von einigen Streethockeyspielen. Jetzt endlich erklang wieder das leise Sirren der Kufen auf der Eisfläche, das laute *„Ratsch!“* beim Bremsen, als würde ein Stück Stoff zerrissen. Die Männer waren fast ausnahmslos gut gelaunt - das erste Eistraining der Saison war immer Grund genug, gut drauf zu sein. Es war ein angenehm warmer Augustabend. Eigentlich gerade richtig für einen Biergartenbesuch. Über der Eisfläche hatte sich durch die warme Luft Nebel gebildet und die Plexiglasumrandung oberhalb der Bande war dick beschlagen. Am Ende des Trainings waren sich alle schnell einig, dass man den Abend noch auf dem Herzogkeller, dem Biergarten hinter der Brauerei Maisel, ausklingen lassen würde.
Nur Adrian Berger schüttelte bedauernd den Kopf. Der Stürmer klopfte seinem Teamkollegen Thorsten Schäfer auf die Schulter. „Trink ein Bier für mich mit, ich kann nicht. Maras Wohnung muss bis Mitte September geräumt und renoviert sein. Ich habe keine Ahnung, wie wir das schaffen sollen. Mutter hat sich bis jetzt geweigert, auch nur das Geringste zu verändern.“
Thorsten seufzte. Adrian tat ihm leid – es war offensichtlich, dass weder er noch Mutter Berger mit Maralenas Selbstmord klarkamen. Vermutlich wäre es sinnvoll, wenn Adrian einen Psychologen aufsuchen würde. Nur, wie sollte man ihm das vorschlagen, ohne den Eindruck zu erwecken, dass man ihn für verrückt hielt?
„Vielleicht wäre es das Beste, wenn deine Mutter gar nicht mehr in die Wohnung geht. Kannst du die Sachen nicht alleine ausräumen? Oder – vielleicht können ein paar von uns mithelfen?“, fragte Thorsten.
Adrian zeigte ein verzerrtes Lächeln. „Vielleicht komme ich ja auf dein Angebot zurück. Bis morgen dann!“

Er blieb noch kurz stehen und sah zu, wie der Rest der Mannschaft um die Ecke verschwand. Ein gut gelaunter, beschwingter Haufen junger Männer, von denen keiner über tote Mädchen nachdachte, sondern höchstens über lebendige, die man vielleicht gleich treffen würde. Adrian ging in die entgegengesetzte Richtung davon.

Maras Wohnung lag keine fünf Minuten zu Fuß vom Eisstadion entfernt in der Hübschstraße. Als Adrian vor dem Wohnblock stand, schnaufte er tief durch. Ihm graute davor, jetzt in Maralenas Wohnung zu gehen. Aber Thorsten hatte recht, seiner Mutter konnte er das schon gleich gar nicht zumuten. Mit einem Ruck öffnete er die Haustür und spurtete die Treppen hoch bis in den fünften Stock. Er war viel zu gut durchtrainiert - das brachte ihn nicht aus der Puste. Leider. Adrian hätte sich gewünscht, so richtig nach Luft schnappen zu müssen. Vielleicht wäre dann in seinem Inneren kein Platz mehr für die Verzweiflung gewesen, die ihn gnadenlos ansprang, als er die Wohnungstür öffnete. Alles wirkte, als müsse Mara jeden Moment aus der Küche kommen oder aus dem Bad. Seine kleine Schwester ... Sie kam nicht. Sie war tot ...
Adrian gab sich selbst ein paar Minuten, in denen die Trauer in ihm tobte. Er hatte Mara so sehr geliebt, liebte sie noch immer. Er, ihr großer Bruder, ihr Beschützer. Und er hatte immer geglaubt, sie hätten keine Geheimnisse voreinander. Offenbar hatte Mara jedoch sehr wohl welche gehabt. Nach ihrem Selbstmord im Mai hatte die Polizei einen Abschiedsbrief gefunden, der ebenso eindeutig wie nichtssagend war:

„Liebe Mama, lieber Adrian!
Verzeiht mir bitte, dass ich euch so weh tun muss. Ich wollte nie, dass ihr wegen mir traurig seid. Aber ich bin so unglücklich, ich kann und will so nicht weiterleben. Ich hätte nicht geglaubt, dass eine verlorene Liebe mir derartig den Boden unter meinen Füßen wegziehen kann, aber so ist es. Es ist nicht eure Schuld!
Behaltet mich bitte in euren Herzen!
Eure euch liebende Mara"

So einfach war das. Tabletten nehmen, vom Felsen springen, Ende. Und einen solchen Brief auf den Küchentisch legen. Die beiden Polizisten, die Maras Wohnung durchsuchen sollten, waren, hochzufrieden mit ihrem Beweisstück, zurück ins Büro gefahren. Denen reichte dieser Brief. Für Adrian warf er nur endlos viele Fragen auf. Was war geschehen? Wer hatte das Herz seiner kleinen Schwester derart in Stücke gerissen, dass sie mit den Narben nicht mehr leben konnte? Wo hatte sie den Kerl kennengelernt, warum ihrem großen Bruder nichts erzählt? Wieso hatte er nichts bemerkt? Wie lange hatte sie nach außen hin überhaupt schon die Illusion der glücklichen Mara aufrechterhalten?
Adrian zwang sich, mit dem Grübeln aufzuhören. Aber wie so oft in den letzten Wochen und Monaten hatte er das Gefühl, das alles nicht ertragen zu können. In seinem Kopf pochte und summte es. Die Trauer hielt seine Magengrube mit eiserner Hand umfasst, ständig auf einen Augenblick lauernd, in dem Adrian sich nicht zu 100 Prozent unter Kontrolle hatte, um ihm erneut ein tiefes, klaffendes Loch in die Eingeweide zu reißen. Mara und Adrian, sie waren immer ein Herz und eine Seele gewesen, und jetzt war sie nicht mehr

da, war er allein zurückgeblieben ... Schluss jetzt damit! Gewaltsam versuchte er, sich darauf zu konzentrieren, was mit Maras Wohnung geschehen sollte. Vermutlich wäre es am besten, eine Umzugsfirma zu beauftragen, um die Wohnung ausräumen zu lassen. Er selbst konnte das ebenso wenig wie seine Mutter. Er würde durchdrehen dabei ...
Irgendwie war er richtig erleichtert, jetzt eine Entscheidung getroffen zu haben. Er griff nach den Gelben Seiten, blätterte kurz darin herum und wählte schließlich eine Nummer. Schon wenig später war alles geklärt. Übermorgen würden die Männer kommen, um die Wohnung zu begutachten. Und nächste Woche würde hier nichts mehr an Maralena erinnern. Darüber durfte Adrian gar nicht erst nachdenken, sonst würde das Summen in seinem Kopf wieder zu einem wütenden Zischen anschwellen, und seine Kopfschmerzen würden für den Rest des Abends unerträglich werden, das wusste er nur zu gut.
Suchend sah er sich um. Er wollte nicht, dass seine Schwester komplett aus seinem Leben verschwand. Mit Sicherheit hatte sie hier einige Dinge, die gemeinsame Erinnerungen bargen. Das eine oder andere Stück würde er mitnehmen, um in Zukunft noch etwas Greifbares von Mara zu haben. Sein Trikot zum Beispiel. Das hatte sie bei jedem Spiel getragen. Sie war nämlich immer gekommen, hatte bei jedem Heimspiel zugeschaut und war zu etlichen Auswärtsspielen mitgefahren. Das Trikot mit der Rückennummer 27 hatte Adrian ihr zu ihrem achtzehnten Geburtstag geschenkt. Als die Welt noch in Ordnung gewesen war ...
Ratlos blieb er vor ihrem Bücherregal stehen. Lauter Liebesromane, Weiberkram. Und mittendrin, abgegriffen und abgestoßen, der kleine Hobbit. Adrian musste

lächeln. Ihm fiel ein, wie oft sie früher in den Sommerferien gezeltet hatten, vor zehn, vielleicht 15 Jahren, im Garten seiner Oma. Und er musste Mara dann vorlesen, bis weit nach Mitternacht. Mit einer Funzel von Taschenlampe, bis die Batterie ihren Geist aufgab. Wie hatte diese Geschichte sie damals beide fasziniert! Gedankenverloren holte er das Buch aus dem Regal und schlug es auf. Da fiel ihm ein Zettel vor die Füße. Adrian bückte sich, hob das Blatt auf und faltete es auseinander. Als er Maras Schrift erkannte, zog sich sein Magen zusammen, und als er anfing zu lesen, musste er sich setzen:

„Lieber Adrian,
ich wusste, dass du irgendwann beim Ausräumen meiner Wohnung dieses Buch aus dem Regal ziehen und aufschlagen wirst. Wie oft haben wir es als Kinder gelesen, unendliche Male hast du mir daraus vorgelesen. Und ich wusste auch, dass ich jetzt schon einige Zeit tot sein werde. Aber ich wollte, dass du verstehst, warum ich das gemacht habe. Jetzt, wo du hoffentlich deine Gefühle im Griff hast.“

Adrian lachte bitter. Die Gefühle im Griff! Auch jetzt, ein Vierteljahr nach Maras Selbstmord, brodelte und kochte es in ihm ohne Pause. Manchmal hatte er das Gefühl durchzudrehen. Das Einzige, was ihm zumindest für ein paar Stunden half, war das Training. Adrian ging seit Maras Tod ständig an seine körperlichen Grenzen, weil die Erschöpfung den Schmerz betäubte. Er stöhnte auf und las weiter:

„Ich hatte Angst, dass du ausrastest, wenn du sofort die Wahrheit erfährst. Deshalb habe ich dir nichts

erzählt und auch diesen Brief so versteckt, dass du ihn erst findest, wenn du etwas Abstand hast. Ich habe mich verliebt und wurde im Stich gelassen. Und dann habe ich einen großen Fehler gemacht. Ich war schwanger und dachte, dass ich es allein nicht schaffen würde. Ich hatte nicht den Mut, dir oder Mama davon zu erzählen. Und ich wusste, dass der Vater alles leugnen und keinen Cent zahlen würde. Dass ich Hilfe vom Jugendamt bekommen würde, dass ihr mir helfen würdet und dass der Vater verpflichtet wäre zu zahlen - das alles ist gar nicht bis zu mir durchgedrungen. Also habe ich abtreiben lassen und meinen Mund gehalten. Das war im November. Aber je mehr Zeit verging, desto klarer wurde mir, wie falsch das alles gewesen ist. Ich habe mein Kind ermordet, nur weil ein Kerl, der mich eh nur als Spielzeug benutzt hat, keine Verantwortung übernehmen wollte. So war ich keinen Deut besser als er, sondern noch schlimmer. Ich war diejenige, die gemordet hat, nicht er. Er hat es nicht mal von mir verlangt. Es war ihm einfach egal. Er hat damals nur gesagt: „Mara, das mit uns wäre doch eh nichts auf Dauer geworden. Du warst ein netter Zeitvertreib, aber ich bin kein Typ für was Festes. Und das Kind kannst du unterjubeln, wem du willst, aber mir nicht.“
Du liebe Zeit! Du kennst mich doch und weißt genau, dass ich mich nicht mit jedem Hinz und Kunz einlasse. Ich war so dumm. Ich hätte ihn verklagen sollen, auf Unterhalt. Aber auf diese Idee wäre ich nie gekommen. Ich habe ihn ja geliebt. Und das Schlimmste ist, ich liebe ihn immer noch. Egal, ob er sich wie ein Schwein benommen hat. Und deswegen darfst auch du ihm nichts nachtragen. Hätte ich dir damals alles erzählt, dann hättet ihr euch wahrscheinlich die Köpfe einge-

schlagen und nie mehr gemeinsam in einer Mannschaft spielen können. Du musst Markus verzeihen, so wie du mir verzeihen wirst. Und glaub mir, ich habe schlimmere Schuld auf mich geladen als Markus. Ich bin die Mörderin, und mit diesem Gefühl konnte ich nicht mehr leben. Jetzt kennst du die ganze Wahrheit und ich hoffe, du kannst mich verstehen. Ich liebe dich!
Mara"

Fassungslos ließ Adrian den Brief sinken. Gedanken wirbelten in seinem Kopf und für einige Minuten fühlte er überhaupt nichts mehr. Keine Trauer, keine Wut und keine Verzweiflung. Maras Geständnis hatte ihn derart vor den Kopf gestoßen, dass er überhaupt keinen vernünftigen Gedanken mehr fassen konnte. Es waren kurze Bilder, Visionen, die aufblitzten, mehr nicht: Mara auf der Tribüne, wie sie jubelte, wenn Markus Jensen wieder einen Puck gehalten hatte. Mara vor der Kabinentür, wie sie mit den Jungs herumalberte. Mara, wie sie auf dem kalten Sandstein am Buchstein saß. Markus, wie er mit seinen Weibergeschichten angab. Markus, immer für eine Party zu haben, von der er nie allein verschwand ...
Die Wut traf Adrian so plötzlich wie ein Faustschlag in die Magengrube. Wie konnte Mara denn ausgerechnet auf diesen Scheißkerl hereinfallen? Das musste sie doch gewusst haben! Andererseits hatte er nie mit ihr über Markus gesprochen, und sie hatte ihn nie gefragt. Aber er hatte, genau wie etliche andere Jungs aus der Mannschaft, oft genug den Kopf darüber geschüttelt, wie viele Frauen auf den Torhüter der Tigers hereinfielen. Okay, er sah gut aus, war witzig und charismatisch. Aber jeder aus der Mannschaft hatte relativ schnell gemerkt, dass er oberflächlich war und nichts

wirklich ernst nahm. Weder sein Studium noch das Eishockeyspielen. Dass er ein begnadeter Torwart war, lag nicht an seiner Einsatzbereitschaft, sondern war eher eine Gabe, die er achtlos hinnahm und benutzte, wenn er gerade Lust dazu hatte. Markus Jensen … Bei der Vorstellung, dass dieser Kerl ausgerechnet Mara in sein Bett gezerrt und geschwängert hatte, wurde es Adrian speiübel. Er wollte sofort zum Herzogkeller und Markus grün und blau schlagen. An der Wohnungstür blieb er jedoch stehen und las den Brief noch einmal durch.

„… du musst Markus verzeihen, so wie du mir verzeihen wirst …“

Er stöhnte und rutschte mit dem Rücken an der Wand des Flurs herunter, bis er auf dem kühlen Parkett hockte. „Mein Gott, Mara! Was verlangst du da von mir? Das schaffe ich nicht. Niemals! Nicht dieser elende Weiberheld ...“

Und während seine Mannschaftskameraden sich auf dem Herzogkeller zuprosteten, kauerte der Stürmer Adrian Berger in dem schmalen Flur und wurde von trockenen Schluchzern geschüttelt.

***

Er ist wie eine Katze – fällt immer auf die Füße. Dass er dabei auf den Scherben fremder Träume landet, ist ihm egal. Er schaut nicht zurück, denkt nicht an andere, fragt nie, wie es denen geht, die er verletzt hat. 3:13 Uhr. Wieder steht er an meinem Bett. Nie hat er angerufen, sich nie wieder bei mir blicken lassen. Ich bin tot für ihn. Vielleicht habe ich auch nie existiert für ihn … Wenn er mich nur jetzt in

Ruhe lassen würde. Warum kommt er jede Nacht in meinen Schlaf getropft wie schmutziges Abwasser? In seiner Welt gibt es doch eh nur ihn, den tollen Markus Jensen. Gesichtslose Weiber in seinem Bett, lässig gefangene Pucks. Alles nebenbei. Das Einzige, was zählt, ist er selbst. Er und seine verdammte Sexsucht. Sonst interessiert ihn nichts.

Wie immer, wenn Markus Jensen irgendwo war, dauerte es nicht lange, bis einige junge Frauen bei ihm am Tisch saßen. Martin Stanford schüttelte wieder einmal den Kopf über den jungen Torhüter. Ab und zu hatte er das Gefühl, dass Frauen für Markus eine Droge waren. Für Martin, den verheirateten Deutschkanadier mit einer zwölfjährigen Tochter, war dieses Verhalten jedenfalls nicht nachvollziehbar. Erst neulich hatte Markus damit angegeben, dass er eine Strichliste führte, und auch nicht auf pikante Details verzichtet. Einen kurzen Moment lang überlegte Martin, ob er dazwischenfunken sollte. Das blutjunge Ding, auf das es Markus an diesem Abend abgesehen hatte, tat ihm leid. Dann kam er jedoch zu dem Schluss, dass er sich raushalten würde. Er trank einen kräftigen Schluck von seinem Bier und fing ein Gespräch mit Andreas Schmitt an, dem langjährigen Kapitän der Bayreuth Tigers. Sie hatten in diesem Jahr ungewohnt früh Eis bekommen, sonst war es meistens erst im September soweit. Diese zusätzliche Trainingszeit nutzte der Verein weidlich aus. Die Nachwuchsmannschaften waren tagsüber auf dem Eis, teilweise sogar zweimal täglich. In Bayern waren ja noch Sommerferien, und während andere Kinder im Kreuzsteinbad herumtobten, flitzten die jungen Tigers auf schnellen Kufen übers Eis. Abends trainierte die erste Mannschaft, täglich zwei

Stunden. Martins Tochter Marcella spielte übrigens zusammen mit Florian Schmitt in der Knabenmannschaft. Somit hatten die beiden Väter genügend Gesprächsstoff. Irgendwann bekamen sie beiläufig mit, wie ihr Torwart aufstand und sich verabschiedete, einen Arm lässig um das Mädel gelegt. Ihre Freundinnen tuschelten und kicherten noch ein wenig, ehe auch sie gingen. Thorsten Schäfer schaute grinsend in die Runde. „Ist das jetzt Nummer 185 oder Nummer 197 für dieses Jahr?“, fragte er mit funkelnden Augen.

Henry Schwarz, ebenfalls Torhüter, knurrte: „Dass du nur nicht gleich fragst: für diese Saison! Der Kerl ist eine Schande für die gesamte Torhüterzunft! Stellt euch mal vor, das komplette Team kriegt diesen Ruf weg. Wirft das etwa ein gutes Licht auf die Tigers?“

Thorsten lachte. „Sag bloß, du nimmst das wirklich ernst? Soll er doch flachlegen, so viele er will. Solange seine Leistung in der Bayernliga stimmt. Oder ärgerst du dich, weil du keine abkriegst?“

Henry fand das gar nicht komisch, ebenso wenig wie Martin oder Andreas, an den er sich jetzt wandte: „Andy, du musst mit ihm reden. Der ist jetzt seit gut einem Jahr in Bayreuth und schleppt seitdem reihenweise die Weiber ab. Wenn er es wenigstens nicht so öffentlich machen würde. Aber überall wird über ihn geredet. Der muss doch auch mal dran denken, was das für ein Licht auf den Verein wirft!“

Henry redete sich in Rage, aber Andreas schüttelte den Kopf.

„Leute, ich bin doch nicht der Sittenwächter der ersten Mannschaft. Mir gefällt seine Art auch nicht. Aber solange die Leistung von Markus passt und seine Einsatzbereitschaft auch, werde ich mich da raushalten.

Die Weibergeschichten sind seine private Angelegenheit."
„Welche Einsatzbereitschaft?", sagte Henry einen Tick zu laut. „Im Training lässt die ja wohl zu wünschen übrig, oder?"
„In den Spielen war in der letzten Saison aber absolut Verlass auf ihn und ich hoffe, das bleibt so. Henry, dass wir im letzten Moment noch in die Play-offs gerutscht sind, daran wart ihr beide maßgeblich beteiligt. Wir haben zwei klasse Goalies in der Mannschaft. Hoffentlich auch in Zukunft!"

***

4:09 Uhr. Wo sind die Scheißtabletten? Eigentlich könnte ich ja gleich aufstehen – um sechs brauch ich auch nicht mehr einschlafen. Komisch, ich hab immer gedacht, er wäre ein Freund. Und dann hat er mich abgehakt. Nein, nicht abgehakt, fallen gelassen. Ohne ein Wort. Kein „Sorry, ich hab das nicht gewollt ..." Oh mein Gott, ich hasse ihn! Wie ich ihn hasse dafür! Und es wird nicht besser. Von wegen Zeit heilt alle Wunden – Schwachsinn! Zeit ist der Brennstoff, der den Hass nur noch mehr anschürt. Er müsste mal einen Denkzettel bekommen. Ja, das würde mir gefallen ... Aber Typen wie Jensen schlängeln sich durchs Leben. Jemand müsste nachhelfen. Könnte eigentlich ich sein ...

Markus Jensen kam zu spät zum Training. In Windeseile zog er sich um und lief aufs Eis. Während er mit weit ausholenden Bewegungen zu seinem Tor fuhr, starrte Adrian Berger ihm finster hinterher. Markus bemerkte es gar nicht, er war in Gedanken noch bei seiner neuesten Eroberung, der Jurastudentin Lisa, die er gestern Abend auf dem Herzogkeller aufgerissen hatte. Eigentlich hatte sie in aller Herrgottsfrühe in die Uni gewollt, um keine Vorlesung zu versäumen. Aber es war ihm nicht schwer gefallen, sie davon zu überzeugen, dass sie mehr verpassen würde, wenn sie ging. Seine eigenen Vorlesungen waren, im Gegensatz zu so einem Klasseweib, eh zweitrangig. Mit Lisa, das konnte länger dauern als ein paar Tage. Zwei Wochen mindestens, überlegte er und griff knapp daneben, als Adrian ihm einen Schlagschuss in den Kasten knallte. Er sah nicht einmal, wer da gerade geschossen hatte, so tief war er in seine Gedanken versunken. Lisa hatte etwas erzählt von einem Freund, den sie betrogen hatte. Und erst vorhin war sie zu ihm gefahren, weil sie ihm alles beichten und mit ihm Schluss machen wollte. Markus war sich sicher, dass sie das auch durchziehen würde. Es würde eine tolle Zeit auf ihn zukommen ... Nicht besonders lang, aber schön. Mitte September würde er wohl schon wieder auf der Pirsch sein, aber bis dahin ...

Nicht mal die Kritik seines Trainers drang heute wirklich zu ihm durch. Sollte der doch toben – Markus war sich sicher, dass Alex ihn im ersten Testspiel gegen Selb in zwei Wochen trotzdem aufstellen würde. In der letzten Saison hatte der Trainer beide Torhüter immer abwechselnd eingesetzt. Und obwohl Markus das Training als Nebensache abtat, hatte er knapp die bessere Quote erreicht. Henry trainierte und ackerte ohne Ende, jedoch flog es ihm einfach nicht so zu. Er hatte sich seine Stellung bei den Bayreuth Tigers hart erarbeitet und musste täglich wieder hart dafür schuften.

Markus dagegen war zum Studieren von München nach Bayreuth gewechselt. Das hatte gereicht.

Der Trainer, Alexander Müller, stand stirnrunzelnd an der Bande. Markus Jensen trieb ihn zur Weißglut. Dass man ein derart offensichtliches Talent so vergeudete wie Markus, machte Alex schier wahnsinnig. Wenn der Kerl das Ganze ernster nehmen würde, könnte er in ein, zwei, höchstens drei Jahren mit Sicherheit ganz oben spielen. Doch Markus nahm eben nichts ernst. Es war ein Jammer! Henry dagegen, der kämpfte. Dummerweise war er nicht so talentiert wie Markus, und man merkte ihm an, dass ihn das frustrierte. Henrys Ehrgeiz gepaart mit dem Talent, das Markus mitbrachte – das wäre es! Alex schüttelte ärgerlich den Kopf. Es half ja nichts, sich über Dinge Gedanken zu machen, die er sowieso nicht beeinflussen konnte. Nach einem kurzen Blick auf die Stadionuhr rief er seine Männer vom Eis. Das Training war beendet.

Der heutige Abend lockte keinen in den Biergarten. Das Wetter hatte umgeschlagen. Am Nachmittag war ein Gewitter aufgezogen und draußen regnete es noch immer heftig. Als sie in die Kabine gingen, warf Alex einen forschenden Blick auf Adrian. Der redete heute kein Wort und hatte ganz anders trainiert als sonst. Verbissen war er ja im Training immer, seit seine Schwester gestorben war. Aber heute war er anders gewesen. Nicht nur verbissen, sondern regelrecht unheimlich. Wie ein Roboter hatte er sein Programm abgespult. Ohne ein Wort. Mit finsterem Blick. Irgendetwas stimmte da nicht, da war sich Alex sicher.
Aber was sollte er tun? Seit Mai hatte er mehrmals versucht, mit Adrian über Maras Tod zu reden. Sie alle

hatten das Mädchen gemocht und waren natürlich schockiert und betroffen gewesen, als man sie tot am Buchstein gefunden hatte. Adrian jedoch hatte alle Versuche, mit ihm ins Gespräch zu kommen, abgeblockt und jedes Mal dichtgemacht, wenn der Name Mara auch nur andeutungsweise fiel. Es würde auch heute keinen Sinn machen, Adrian anzusprechen, überlegte Alex resigniert. Vielleicht war ja irgendein besonderer Tag, der Adrian heute den Rest gab. Maras Geburtstag oder so was ... Er würde also, wie fast immer, so tun, als hätte er nichts bemerkt, als würde sich Adrian völlig normal verhalten.

Kapitel zwei

Als die Spieler frisch geduscht und umgezogen aus der Kabine kamen, wartete das Mädchen vom Herzogkeller im Kabinengang. Diese Tatsache an sich hätte keinen mehr gewundert, denn es warteten ständig irgendwelche Frauen auf Markus. Normalerweise waren sie allerdings derart geschminkt und gestylt, als hätten sie noch einen Abend auf dem Laufsteg vor sich. Lisa hingegen sah aus wie eine gebadete Maus. Sie war komplett durchnässt, die Haare hingen wie nasses Heu an ihrem Kopf, das Make-up war verlaufen und ihr linkes Auge zugeschwollen und verfärbt. Als Martin Stanford das Mädchen sah, musterte er sie überrascht und fragte: „Hallo, ist alles in Ordnung mit dir?"
Offensichtlich war dem nicht so. Doch Lisa nickte schnell und ging ein, zwei Schritte zurück in den Schatten der Tribünenwand. Martin zog eine Augenbraue hoch, machte auf dem Absatz kehrt und ging zurück in Kabine 1. Markus Jensen kam gerade erst aus der Dusche, fröhlich vor sich hin pfeifend.
„He, Markus! Deine Schnecke von gestern steht draußen. Und sie sieht aus wie durch den Fleischwolf gedreht. Beeil dich mal lieber!"
Adrian warf den beiden finstere Blicke zu. Als Martin ihn gerade fragen wollte, was mit ihm los war, hatte er sich jedoch schon weggedreht und wühlte demonstrativ in seiner Tasche herum. Martin Stanford runzelte die Stirn. Aktuell beschäftigte ihn das Mädchen draußen im Kabinengang wesentlich mehr. Er ging nach draußen, aber sie drückte sich scheinbar immer noch im Schatten herum. Jedenfalls entdeckte er sie nicht mehr – was vielleicht auch daran lag, dass er nicht

wirklich nach ihr suchte. Also ging er mit schnellen Schritten durch den strömenden Regen zu seinem Auto und fuhr davon.
Markus beeilte sich tatsächlich, aus der Kabine zu kommen. Kaum war er angezogen, spurtete er auch schon hinaus. Seine Sachen ließ er achtlos liegen. Als Lisa ihn sah, trat sie zögernd aus dem Schatten heraus und versuchte ein Lächeln, das jedoch reichlich missglückte. Markus erschrak über ihr Aussehen.
„Lisa – um Gottes willen! Was ist denn mit dir passiert? Hast du einen Unfall gehabt?"
Sie schüttelte den Kopf. „Nein, das war Hannes. Ich hätte ihm lieber nichts von uns erzählen sollen. Er ist ziemlich ausgerastet. Von wegen: *An sein Mädchen hat keiner hinzulangen.* Und als ich ihm sagte, dass ich es ja wollte und dass Schluss ist, da hat er zugeschlagen. Ich hab mich umgedreht und bin weggerannt, ohne Jacke, durch den Regen, bis hierher. Und da bin ich jetzt. Bringst du mich nach Hause, bitte?"
Sie wirkte erstaunlich gefasst, keine Tränen. Aber das registrierte Markus nur am Rande. Er winkte ab.
„Kommt gar nicht infrage! Ich fahr dich ins Ärztehaus und dann zur Polizei. Gehen wir."
Aber Lisa schüttelte so energisch den Kopf, dass kleine Wassertropfen aus ihren nassen Haaren spritzten.
„Auf gar keinen Fall! Hannes ist ja sonst nicht so, er ist einfach nur ausgeflippt, weil er so schockiert war. Und außerdem weiß ich nicht, was ich im umgekehrten Fall gemacht hätte. Vielleicht mit Geschirr nach ihm geworfen … Und mir ist ja nichts weiter passiert. Ich brauche keinen Arzt und ich will keine Polizei."
Markus starrte sie einen Moment lang fassungslos an, dann holte er tief Luft.

„In Ordnung, wie du willst. Aber dann knöpfe ich mir den Kerl vor.“
Wieder wildes Kopfschütteln. „Nein, das will ich nicht! Auf dich ist er garantiert noch viel wütender als auf mich. Ich halte es für viel besser, wenn er dich gar nicht erst kennt. Wer weiß, was sonst noch passiert ...“
„Lisa! Erstens hast du mir grad noch erzählt, dieser Hannes wäre sonst nicht so. Und jetzt erklärst du mir, es wäre für mich zu gefährlich, wenn er weiß, wer ich bin. Dann kann er ja wohl doch nicht so harmlos sein, oder? Und zweitens bin ich ja wohl gut genug trainiert, um im Zweifelsfall mit ihm fertig zu werden. Also sag mir bitte, wo er wohnt!“
Aber da biss Markus auf Granit. Lisa war nicht bereit, auch nur ein weiteres Wort über Hannes zu verlieren. Stattdessen fragte sie: „Wie sieht´s aus: Fährst du mich jetzt heim oder soll ich mir lieber ein Taxi rufen? Ich möchte nämlich aus den nassen Sachen raus und in die Badewanne.“
Markus sagte einen Moment lang gar nichts, dann nickte er. „Okay. Aber ich muss schnell noch mal in die Kabine, meine Ausrüstung wegräumen. Dauert keine fünf Minuten. Du bleibst am besten kurz hier stehen.“
Ohne eine Antwort abzuwarten, drehte er sich um und lief wieder hinein.

Während Lisa hinüber zum Schaukasten schlenderte, um dort auf Markus zu warten, ging die Kabinentür erneut auf und Adrian Berger kam heraus. Als er Lisa alleine dort stehen sah, zögerte er kurz, kam dann auf sie zu und musterte sie mit düsteren Blicken.

„Wenn ich du wäre, würde ich die Finger von dem Kerl lassen. Markus ist garantiert nicht gut für dich!"
Lisa funkelte ihn wütend an. „Ich wüsste nicht, was dich das angeht!", fauchte sie.
Adrian lachte trocken. „Mehr, als du denkst. Und schau dich doch mal an, wie du schon nach einem Tag daherkommst."
„Das liegt nicht an Markus."
„Mir egal. Aber sag hinterher nicht, dich hätte keiner gewarnt."
Noch bevor Lisa etwas antworten konnte, lief Adrian davon, als bemerke er den immer noch heftig rauschenden Regen gar nicht.

Als Markus wenig später zurückkam, überlegte Lisa kurz, ob sie ihm von dem sonderbaren Vorfall erzählen sollte, hielt dann aber den Mund. Sie hatte heute Abend wahrlich andere Probleme. Markus legte ihr den Arm um die Taille und zog sie zu sich heran. Er spürte, dass sie ein wenig zitterte und eiskalt war.
„Wir müssen ins Parkhaus. Schaffst du das oder soll ich dich tragen?", fragte er besorgt.
Lisa musste lachen. „Markus, ich bin grad etwa zwei Kilometer durch den Regen gerannt. Da werde ich es doch bis zum Parkhaus auch noch schaffen. Los, komm endlich – mir ist kalt!"

Sie liefen die wenigen Meter zum Parkhaus. Markus öffnete für Lisa die Beifahrertür und schloss sie vorsichtig, kaum dass Lisa saß. Dann stieg er selbst ein, knallte die Fahrertür wesentlich schwungvoller zu, drehte den Heizungsregler entschlossen bis zum Anschlag auf und ließ seinen weißen Golf an, der eigentlich überhaupt nicht zu seinem sonstigen Auftreten passte. Aber solange er noch studierte, würde er wohl weiterhin nur von seinem BMW träumen ...

„Wohin?“, fragte er, als die Schranke hochging.
„Birken, Hegelstraße“, antwortete Lisa und der Golf rollte hinaus in den Regen. Bis zur Hegelstraße war es nicht weit und schon wenige Minuten später parkte Markus am Straßenrand, um Lisa nach oben in ihre Studentenbude zu begleiten. Während sein neuester Aufriss ein heißes Bad nahm, schaute er ein wenig fern. Schon gute zwanzig Minuten später brannte allerdings nur noch in Lisas Schlafzimmerchen Licht.

Schräg gegenüber am Straßenrand wurde ein Motor angelassen, Scheinwerfer leuchteten auf und der Scheibenwischer sprang an. Hannes Wienert raste durch die Dunkelheit davon, die Lippen zusammengepresst, ohne festes Ziel. Er fuhr bei Bayreuth-Süd auf die A9 und wie ein Irrer in Richtung Hof. Erst bei Münchberg-Nord wurde er langsamer und lenkte sein Auto schließlich zurück nach Bayreuth, diesmal in normalem Tempo. Kurz darauf stand sein Leihwagen wieder in der Hegelstraße, schräg gegenüber von Lisas Wohnung. Nur ein kleiner orangefarbener Glühpunkt verriet, dass dieses Auto nicht einfach geparkt war, sondern in seinem Inneren ein eifersüchtiger Exfreund saß, der seinen Beobachtungsposten bezogen hatte und sich mit einer Zigarette zu beruhigen versuchte.

Weiber und Eishockey. Was anderes kennt der nicht. Und beides fliegt ihm zu. Vielleicht sollte ihm mal ganz was anderes zufliegen. Ein Messer ins eiskalte

Herz zum Beispiel … Aber der hat ja kein Herz … Irgendwas, damit er sich mal genauso hilflos fühlt wie ich … Irgendwas, damit er endlich weiß, wie das ist …

Hannes´ Geduld wurde auf eine harte Probe gestellt, denn die beiden Turteltäubchen verließen ihr Nest den ganzen nächsten Tag nicht. Erst am Abend kam Markus heraus, lief beschwingt zu seinem Golf, winkte noch einmal kurz hinauf zu Lisas Fenstern und fuhr dann davon. Hannes heftete sich an seine Fersen, immer darauf bedacht, so viel Abstand zu halten, dass er nicht auffiel. Aber wenn er gedacht hatte, auf diese Art herauszufinden, wo Markus wohnte, sollte er sich getäuscht haben. Schon nach wenigen Minuten schlug Hannes fluchend mit der linken Hand aufs Lenkrad, denn der weiße Golf bog zum Parkhaus Albrecht-Dürer-Straße ein. Verärgert folgte Hannes ihm, fuhr an dem Golf vorbei und stellte seinen Leihwagen vier Parklücken entfernt ab. Er blieb sitzen und beobachtete, in welche Richtung sein Rivale davonlief.
Der schlug nicht etwa den Weg zur Innenstadt ein, sondern steuerte mit schnellen Schritten auf den Ausgang Oberfrankenhalle zu. Wollte der Kerl etwa schwimmen gehen? Hannes überlegte fieberhaft. Was war sonst noch da hinten? Jedenfalls keine Wohnhäuser, soviel stand fest. Nur das Hallenbad, aber hatte das nicht im August geschlossen? Die Oberfrankenhalle, da war heute keine Veranstaltung. Das Eisstadion, aber im Sommer? Das wirtschaftswissenschaftliche Gymnasium, kurz WWG. Aber es waren Ferien. Stirnrunzelnd sah Hannes hinaus. Doch tatsächlich, der Typ lief genau in diese Richtung. Hannes öffnete die schwere Parkhaustür und spurtete schnell bis zur Ecke

des Hallenbades, um die Lisas Neuer gerade gegangen war. Als er um die Ecke schaute, sah er den Kerl gerade noch im Eisstadion verschwinden. Neugierig folgte er ihm bis zum Eingang, wo er von einem durchtrainierten jungen Mann angesprochen wurde: „Da ist noch nicht offen, nur für den Eishockeyverein. Die erste Mannschaft der Tigers trainiert gleich."
„Ach so, Entschuldigung. Und ihr seid wohl Spieler, du und der da vorne?"
„Ja, natürlich. Ich bin Stürmer und das dort ist unser Torwart."
„Alles klar, viel Spaß beim Training", murmelte Hannes und kehrte um.

***

Ausgeliefert sollte er sich mal fühlen. Wehrlos. Nicht mehr der Macker. Nur noch der Zuschauer … So wie ich … Wachliegen soll er, hochschrecken aus dem Schlaf. Und an mich denken. Zur Abwechslung. Nicht mehr einfach jede ins Bett schleppen, die er sieht. Allein wachliegen und drüber nachdenken, was er für Scheiße gebaut hat. Wenn ich nichts unternehme, wird er nie damit aufhören, andere kaputtzumachen …

Nach dem Training hielt Alex den Torhüter Henry Schwarz zurück. „Henry, warte bitte nach dem Duschen noch, bis alle weg sind. Ich muss was mit dir allein besprechen."
Henry nickte kurz und in seinem Kopf überschlugen sich die Gedanken. Offenbar wurde es selbst Alex mittlerweile zu bunt, was Markus trieb! Nur, was

konnte passieren? Würde er aus der Mannschaft fliegen oder erst mal nur für einige Spiele pausieren? Warum wollte Alex ausgerechnet mit ihm darüber reden und nicht mit Kapitän Andreas Schmitt? Um abzuklären, ob Henry sich der Herausforderung gewachsen fühlte, die alleinige Nummer eins im Tigerstor zu sein? Vielleicht hatten Alex und Andy aber auch längst alles besprochen?
Ungeduldig wartete Henry, bis alle Spieler die Kabine verlassen hatten. Dann sah er seinen Trainer fragend an.
„Und, worum geht's?", wollte er wissen und ließ sich schwer auf eine Bank fallen, die Beine weit von sich gestreckt.
„Um deinen Einsatz in dieser Saison", antwortete Alex, der sich ebenfalls setzte, langsam und bedächtig. Ein zufriedenes Grinsen zuckte um Henrys Mundwinkel.
„Das habe ich mir schon gedacht. Also, fang an!"
„Na ja, letztes Jahr habe ich dich und Markus ja immer abwechselnd eingesetzt und bin damit gut gefahren. Aber heuer werde ich das trotzdem anders handhaben."
Henry nickte, schob sich einen Kaugummi in den Mund und schüttelte die hellblonden halblangen Haare zurecht, die ihm aber sofort genauso über die Augen fielen wie vorher schon. „Das kann ich gut verstehen", pflichtete er genüsslich kauend dem Trainer bei.
Alex musterte ihn überrascht.
„Oh, damit hätte ich nicht gerechnet. Ich hatte befürchtet, dass du viel weniger Verständnis für meine Entscheidung hast. Weißt du, ich halte dich definitiv für wesentlich ehrgeiziger als Markus es je sein wird. Aber er ist einfach ein begnadeter Torwart, hat mehr

Talent als du. Das kannst du allein mit deinem Ehrgeiz nicht mehr ausgleichen. Du wirst mit Sicherheit auch Einsätze haben. Markus wird auch mal ausfallen oder einen schlechten Tag haben. Dann kommst du natürlich zum Zug. Aber schön, dass du das so sportlich siehst."
Er klopfte Henry auf die Schulter, doch der starrte ihn nur völlig entgeistert an. Der Kaugummi verschwand in seinem Hals und rief einen heftigen Hustenreiz hervor. Alex klopfte ihm gelassen zwischen die Schulterblätter. Endlich bekam Henry wieder Luft und konnte sprechen.
„Was??? Ich dachte, *ich* wäre die Nummer eins ..."
Alex zog die Augenbrauen hoch. „Ach so – deswegen. Henry, du musst das verstehen. Markus bringt einfach die bessere Leistung als du."
Henry fuhr hoch und schüttelte Alex' Hand ab, die immer noch auf seiner Schulter lag.
„Alex, hab ich das jetzt richtig verstanden? Du belohnst Markus dafür, dass er mit seinen ständigen Weibergeschichten das ganze Team in Verruf bringt? Das kann nicht dein Ernst sein! Ich hatte eigentlich genau das Gegenteil erwartet!"
Er musterte Alex mit einem Blick, in dem Wut, Enttäuschung und Hass lagen. Ob auf den Trainer oder seinen Rivalen, war schwer zu sagen. Alex seufzte und fuhr sich mit der Hand durch sein dunkles, von Silberfäden durchzogenes Haar. Er war schon lange im Geschäft und hatte schon ganz andere Sachen erlebt als einen jungen Eishockeyspieler, dessen Hormone verrückt spielten. Und er war fest davon überzeugt, dass Henrys Entrüstung nicht halb so groß wäre, wenn nicht

ausgerechnet der andere Torhüter, sondern einer der Feldspieler einen so lockeren Lebensstil hätte.
„Henry, jetzt mal im Ernst. Ich bin nicht euer Babysitter oder Moralapostel. Solange ihr euch nicht vereinsschädigend verhaltet oder untereinander Zoff habt, halte ich mich aus euren privaten Angelegenheiten raus. Und vereinsschädigend ist es nicht, was Markus treibt. Er hat viele zahlende Fans. Ob die männlich oder weiblich sind, ist unserem Kassier schnurzpiepegal. Und du wirst auch in dieser Saison Einsätze haben, nur eben nicht so viele wie letztes Jahr. Ende der Debatte!"
Henry schüttelte den Kopf. Seine Kiefer mahlten so heftig, dass die Zähne knirschten. Es sah aus, als wolle er noch etwas sagen, fuhr dann jedoch in die Höhe, drehte sich mit einer ruckartigen Bewegung um und verließ grußlos die Kabine.

***

Lisa war schon auf dem Sprung, als Markus nach dem Training bei ihr vorbeikam, um sie zu sich nach Hause mitzunehmen. Sie hätte das natürlich nie zugegeben, aber als er klingelte, wäre es nicht nötig gewesen, ihn noch warten zu lassen. Dass sie die Tür öffnete und ihn ins Wohnzimmer schickte, während sie für einige Minuten im Bad verschwand, war reine Show. Taktik. Als sie kurz darauf zu seinem Golf liefen, hatte sie das Gefühl, ihm eine gewisse Lässigkeit demonstriert zu haben – er war noch nicht der Dreh- und Angelpunkt ihres Lebens. Und wenn doch, ging es ihn nichts an. Sie stieg ein und genoss es, dass er wieder die Beifahrertür schloss. Solche Sachen hätte Hannes nie ge-

macht. Nein, Markus hatte mehr Stil, sah besser aus und war bei Weitem der bessere Liebhaber. Sie freute sich schon auf die kommende Nacht ...
Markus drehte den Zündschlüssel und warf einen Seitenblick auf Lisa. Sie war trotz ihres blauen Auges eine Augenweide, dezent geschminkt, lange blonde Haare, appetitliches Parfüm. Der kurze enge Jeansrock ließ den Blick auf schlanke, gebräunte Beine frei und das T-Shirt war ebenso eng wie raffiniert geschnitten. Lisa wirkte verführerisch, aber nicht etwa billig. Er grinste, stellte kurzentschlossen den Motor wieder ab und küsste sie lange und zärtlich. Oh Mann, zwei Wochen mindestens! Vielleicht sogar länger. Er war auf dem besten Weg, sich ernsthaft in die Kleine zu vergucken.
Als der Golf schließlich aus der Parklücke ausscherte und Markus in Richtung Bodenseering davonfuhr, hatten weder er noch Lisa ein Auge für den dunklen Toyota, der ihnen folgte. Warum auch – sie kannten das Fahrzeug nicht und auf den Fahrer achtete Lisa schon gar nicht. Sie musterte vielmehr Markus aufmerksam. Das kurze, lockige, braune Haar fiel ihm in die Stirn, noch feucht vom Duschen. Die buschigen Augenbrauen ließen seine samtigen braunen Augen noch dunkler wirken und ein leichter Bartschatten umspielte Wangen und Kinn. Am liebsten hätte sie an seinem Ohrläppchen geknabbert, durch das ein kleiner goldener Ring gezogen war. Aber sie beherrschte sich, dazu war später noch Zeit. Im Nacken war teilweise ein Tattoo zu sehen. Verschlungene Symbole, die keltisch anmuteten. Die muskulösen Arme waren plötzlich angespannt, als er überraschend bremsen musste, weil vor ihm ein Wagen ohne zu blinken die Spur wechselte. Als er losfluchte, legte sie beruhigend die

Hand auf seinen Oberschenkel. Als er daraufhin grinsend verstummte, ließ sie die Hand ein wenig wandern. Hannes Wienert starrte den beiden mit unergründlichem Blick hinterher, als sie nach schier endlosem Geknutsche aus dem Golf ausstiegen und in Markus' Wohnung verschwanden. Diesmal verzichtete er darauf, Nachtwache zu halten und fuhr davon, kaum dass hinter den Fenstern Licht aufleuchtete.

Was macht denn sein Leben aus? Eigentlich nur Weiber und Eishockey. Eishockey ist ihm nicht wichtig. Verrückt, bei so viel Talent … Aber ohne Eishockey auch weniger Weiber. Unglaublich, wie die da drauf abfahren. Also, wenn ich ihm schon einen Denkzettel verpasse, dann über Eishockey. Auge um Auge … Kufe um Kufe … 3:55 Uhr.

***

4:03 Uhr. Kufe um Kufe – wie soll ich das machen? Das krieg ich nicht hin. Zu unsicher … Wie dann? Ein Schuss vor den Bug … Aber der muss richtig heftig sein, sonst lacht er nur drüber … Er soll nicht lachen. Er soll leiden. Lange leiden … so wie ich …

Als Lisa am nächsten Morgen ihre Wohnungstür aufschloss, erschrak sie heftig darüber, dass Hannes wie aus dem Nichts neben ihr auftauchte. Er hatte einen großen Karton bei sich, den er mit einem Schnaufen vor der Tür abstellte.
„Hallo, Lisa. Ich wollte mich bei dir entschuldigen – mein Benehmen neulich war unmöglich, tut mir echt leid."

Lisa musterte ihn nachdenklich. Also hatte sie doch richtig gelegen. Es war einfach eine Kurzschlussreaktion von ihm gewesen, die er längst bereute.
„Ist schon in Ordnung, Hannes“, nickte sie ihm zu.
Er deutete auf den Karton. „Ich hab deine Sachen mitgebracht. Darf ich mit reinkommen und mein Zeug holen?“
Sie zuckte mit den Schultern. „Natürlich, warum nicht. Komm mit. Magst du einen Kaffee?“
Hannes nickte. Sie schloss die Wohnungstür auf, steckte den Schlüssel von innen ins Schloss und ging in die Küche, um Kaffee zu kochen. Auf Hannes, der den Karton hochhob und im Flur wieder abstellte, wartete sie dabei nicht. Und so bemerkte sie auch nicht, dass er den Schlüssel lautlos im Schloss drehte und ihn anschließend in der Gesäßtasche seiner Jeans verschwinden ließ ...

***

Markus Jensen hatte sich ebenfalls gerade noch einen Kaffee gekocht, obwohl er vorhin bereits mit Lisa gefrühstückt hatte. Im Bett natürlich. Und es war ein sehr ausgiebiges Frühstück gewesen ... Jetzt war Lisa nach Hause gefahren, um zu duschen. Dummerweise funktionierte das Warmwasser bei Markus seit gestern nicht mehr. Er hatte schon mit dem Hausmeister telefoniert. Ein Handwerker würde allerdings erst heute Nachmittag kommen. Mist! Auch Markus wollte duschen, jedoch mit Sicherheit nicht kalt. Er würde später ins Eisstadion fahren und in Kabine 1 duschen. Da war das Wasser zumindest warm, und er fühlte sich dort eh heimisch. Aber vorher wollte er noch einen Kaffee trinken und seine Eishockeyzeitschrift lesen. Er überflog die Zeilen oberflächlich, bis sein Blick an einem kurzen Beitrag hängen blieb:

„Seine Karriere endgültig beenden musste der talentierte Verteidiger Mike Strauß, der immer noch an den Folgen eines unglücklichen Unfalls vor drei Jahren laboriert. Damals stand das außergewöhnliche Talent direkt auf dem Sprung in die DEL. Die Tinte auf dem Vertrag mit Iserlohn war noch nicht trocken. Beim letzten Punktspiel seines damaligen Vereins TSV Erding Gladiators kollidierte er mit seinem Teamkollegen und Torwart. Seine Verletzungen führten zu dauerhaften Schäden, Mike Strauß stand seitdem nie wieder auf Kufen. Wie jetzt bekannt wurde, ergab eine neuerliche Untersuchung irreparable Nervenschädigungen, aufgrund derer er sein linkes Bein nur noch eingeschränkt bewegen kann. Schade um ein großes Talent, dem eine Karriere in der Nationalmannschaft vorausgesagt worden war!“

Markus warf die Zeitschrift auf den Tisch. Der Kaffee schmeckte plötzlich bitter. Mike! An den hatte er schon lange nicht mehr gedacht, wollte er auch gar nicht. Es war schließlich nicht seine Schuld gewesen, einfach blöd gelaufen. Markus stand ruckartig auf und beschloss, jetzt sofort zum Duschen zu fahren. Und vor allem schnell wieder an Lisa zu denken, bevor der Tag komplett verdorben war.

Kapitel drei

Anna, die grauhaarige, kleine, dürre Putzfrau, schob ihr Putzwägelchen gerade in den Anschnallraum, um dort sauber zu machen, als die ersten Kinder zum Training der Knabenmannschaft eintrudelten. Wie fast immer war der zwölfjährige Knabenkapitän Jonas mit vorne dran. Auch sein bester Freund Moritz konnte es kaum erwarten, aufs Eis zu kommen. Und natürlich die einzigen beiden Mädchen im Team: Martin Stanfords Tochter Marcella und ihre Freundin Katharina, genannt Cat, die vor zwei Jahren von den Eiskunstläufern zum EHC gewechselt war. Sie winkten der alten Anna fröhlich zu, da sie eine der wenigen war, die ihnen gegenüber nie ein böses Wort über die Lippen brachte.
„Hallo, Anna. Schon wieder bei der Arbeit? Aber im Anschnallraum ist doch niemand. Warum musst du da denn putzen?“, fragte Cat.
Anna lächelte, und die Falten in ihrem Gesicht vollführten dabei einen regelrechten Tanz um Augen und Mund. „Wall's in meim Verdroch drinstehl. Und wenn etzt kaana do drin is, haaßt des nuch long net, doss gesdern Omd a kaana drin g'wesn is. Iich mach do drin sauba, egal obs scho sauba is. Iich bi nemmlich auf des Geld og'wiesn. Oba erscht sperr iich eich hintn die Kabina 3 auf.“
Jonas winkte ab. „Lass mal, du musst doch nicht extra nach hinten laufen. Gib mir schnell den Schlüssel, ich sperr auf und bringe ihn dir wieder her.“
„Des is lieb – obwohl, iich kennt fei nuch laafn. Aber do, nimm na! Nochadd mach iich do heriem sauba und späda in da Kabina 1. Zu Middoch bin iich ferdich.“

Damit hielt sie Jonas den Schlüssel hin und die Kinder liefen zur Kabine 3. Keine zwei Minuten später kam Jonas zum Anschnallraum, gab Anna den Schlüssel zurück und ging mit einigen anderen Jungs wieder nach hinten. Florian Schmitt war dabei, und Anna bemerkte den dunkelhäutigen Brasilianer Paulo. Vom dritten Jungen kannte sie den Namen nicht, wusste aber, dass sein Vater ein griechisches Lokal hatte. Sie nickte ihnen durch das große Panoramafenster freundlich zu und leerte dann die Mülleimer aus.

Unter dem üblichen Geplänkel machten sich die Kinder in Kabine 3 fertig fürs Training. Cat drückte einen Keil unter die offene Tür, damit frische Luft hereinkam. Paulo zog seine dick gepolsterte Eishockeyhose hoch, ließ die Träger schnalzen und grinste zu Moritz hinüber, der mit Marcella tuschelte. Die beiden waren seit einigen Wochen „zusammen" – was auch immer man mit zwölf Jahren darunter verstand.
„He, plant ihr schon die Hochzeit oder was gibt´s da zu flüstern?", rief Paulo, worauf Marcella einen Handschuh in seine Richtung warf. Lachend warf er ihn zurück, und Moritz sprang auf, um ihn durch die Kabine zu scheuchen. Es hatte noch keiner von ihnen seine Schlittschuhe an, als sie plötzlich durch einen schrillen Schrei hochfuhren. Der Schrei riss jäh ab. Die Kinder sahen sich erschrocken an und Florian fragte entgeistert: „Was war das denn?"
Jonas antwortete verwirrt: „Das hat nach der alten Anna geklungen."
Ohne ein weiteres Wort rannten alle hinaus und suchten nach der Putzfrau.

***

Anna hatte im Anschnallraum wahrlich nicht viel zu tun. Außer den Eishockeyleuten kam ja momentan niemand ins Eisstadion. Es war erst August und vor Ende September würde kein öffentlicher Eislauf stattfinden, auch kein Eiskunstlauftraining. Die Mannschaften des EHC kamen nicht in den Anschnallraum, die nutzten die drei Kabinen weiter hinten. Nur der Eishockeykindergarten, die kleinen Anfänger, die waren sonntags im Anschnallraum zum Umziehen. Aber die hinterließen keine große Unordnung. Anna musste heute nicht einmal kehren. Es war damit getan, dass sie die Tische abwischte und den Müll ausleerte. Ein paar zusammengeknüllte Reste Schlägertape und etwas Paketband, mit dem die Jüngsten ihre Stutzen festklebten, damit sie ihnen nicht von den Beinen rutschen konnten. Das war alles. Anna zog ihr Putzwägelchen wieder hinaus und schloss die Tür zum Anschnallraum hinter sich ab. Dann ging sie zu Kabine 1, in der die erste Mannschaft der Tigers ihr Quartier hatte. Mit einem Seufzer schloss sie dort auf und zog den kleinen Karren in den Gang. Sie schüttelte jedes Mal wieder fassungslos den Kopf, wenn sie hier hereinkam. Es war ihr ein Rätsel, wie man gern hier sein konnte. Es roch – vorsichtig ausgedrückt – etwas streng. Die kompletten Ausrüstungen der Männer hingen hier. Und da viele der Sachen nicht oder nur selten gewaschen werden konnten, die Mannschaft aber nach jedem Training klatschnass geschwitzt vom Eis kam, half da auch kein Auslüften mehr. Auch der große Deckenventilator, der sich behäbig drehte, nützte nichts. Im Gegenteil. Er verteilte die stickige Luft und die Ausdünstungen der

Klamotten nur gleichmäßig. Anna fand die Luft hier zum Schneiden, und sie wollte sich gar nicht vorstellen, wie es war, wenn sich hier noch zwanzig oder fünfundzwanzig Spieler nach dem Training tummelten. Am liebsten hätte sie alle Ausrüstungen mit Febrèze eingesprüht. Dann wäre sie allerdings vermutlich ihren Job losgewesen – das hätten ihr die Männer sicher sehr übel genommen. An den Sachen durfte sich niemand ungestraft vergreifen. Immer mal wieder hörte man sogar Gerüchte über Eishockeylegenden – regionale und auch ganz große – die nicht einmal ihren Schweißanzug in die Waschmaschine warfen. Aus welchen Gründen auch immer. Manchmal war Aberglaube im Spiel … Um eine Siegesserie am Laufen zu halten, um selbst gute Leistung zu bringen. Oder auch wegen blödsinniger Wetten. In Annas Augen machten sie das nur aus purer Faulheit, verbunden mit abgestorbenen Geruchszellen. So gut sie sich mit den Kleineren verstand – je älter die Jungs wurden, desto weniger Verständnis konnte sie für sic aufbringen. Und für die Erste schon gleich gar keines mehr. Unwillig vor sich hin brummelnd ging sie in die fensterlose Kabine und suchte im Dunkel nach dem Lichtschalter. Heute roch es irgendwie anders als sonst. Allerdings konnte sie den neuen Geruch nicht einordnen. Vielleicht hatte einer sein Duschgel auslaufen lassen? Falls ja, war es vermutlich Moschusduft oder irgendeine neue Verrücktheit. Wie die Frauen so etwas nur toll finden konnten ... Ihr Egon hatte Jahr und Tag nur Speick-Seife verwendet. Und wie sehr hatte sie ihn geliebt. Aber jetzt war er schon etliche Jahre tot, und sie musste hinter anderen Männern herputzen, einer verrückter als der andere. Anna schüttelte den Kopf und durchquerte die Kabine bis nach hinten. Dort gab es noch einen kleinen Vorraum, danach kamen die Duschen und Toiletten. Als sie dort auf den Lichtschalter drückte, erstarrte sie. Im Vorraum lag ein nackter Mann, nur ein Handtuch um die Hüften geschlungen. Es dauerte einen kurzen Moment, bis Anna das Bild verinnerlicht hatte, das sie da sah. Dann wurde ihr schlagartig klar, warum der Mann da lag, und sie begann, aus Leibeskräften zu schreien. Mit aller Kraft schlug die alte Frau auf den Lichtschalter. Als das Licht ausging, erstarb auch der Schrei in ihrem Mund, als hätte sie den Ton ebenfalls ausgeschaltet. Sie wankte zurück in die Hauptkabine, ließ sich auf eine Bank fallen und murmelte ununterbrochen vor sich hin: „Jesusmariaundjosef – des derf doch net wohr saa! Ach Goddala naa, des derf net wohr saa!“

So fanden die hereinstürmenden Knabenspieler Anna vor, und zuerst konnten sie sich keinen Reim darauf machen.
„Anna, was ist denn los?“
„Was hast du denn?“
„Ist dir etwas passiert?“
Alle redeten durcheinander, aber Anna murmelte nur immer weiter: „Hergodd, loss doch des ned wohr saa …“
Es war, als hätte sie die Kinder gar nicht bemerkt, die sich jetzt neugierig in der Kabine umsahen. Normalerweise war Kabine 1 für sie tabu. Nur ganz selten durften sie mal hier herein. Umso spannender war es jetzt für sie! Schließlich war es Marcella, die das Licht hinten in den Duschen anknipste. Im nächsten Moment schrie auch sie los, wenngleich um etliche Töne höher als vorhin Anna. Die Jungs und auch Cat stürzten nach

hinten, blieben neben ihr stehen und starrten entsetzt auf den Boden. Da lag der Torhüter der ersten Mannschaft, Markus Jensen, bis auf ein Handtuch nackt. In seiner linken Schläfe steckte etwas, das alle Spieler sofort erkannten. Unter seinem Kopf breitete sich eine hässliche dunkle Lache aus und sein starrer Blick schien direkt auf die Kinder gerichtet, die jetzt ebenfalls loskreischten und die immer noch hysterisch schreiende Marcella zurückzogen. Es war Paulo, der sich als erster fasste. Er schüttelte wild den Kopf, sodass seine Rastalocken durcheinander flogen. Dann machte er das Licht wieder aus und rief: „Wir müssen hier raus, damit wir keine Spuren kaputtmachen! Raus mit euch! Jonas, hilf mir mit Anna! Flo, ruf die Polizei an! Notruf! 110! Cat, bring Marcella nach draußen! Los jetzt!"

Mit diesen Worten hakte er sich bei der zitternden Anna unter und zog sie von der Bank hoch. Sie gingen hinaus ins Freie, wo Paulo Anna so energisch nach dem Kabinenschlüssel fragte, dass sie ihn tatsächlich aus der Tasche ihrer Kittelschürze kramte. Er schloss die Tür von Kabine 1 ab, rüttelte noch mal daran, um sicherzugehen, dass sie auch wirklich verschlossen war, und drehte sich dann zu den Kindern um. Jonas hielt Anna, die leicht schwankte und immer noch vor sich hin redete, jetzt am Arm. Cat, die selbst weinte, versuchte gemeinsam mit Moritz, Marcella zu beruhigen. Aber die schrie noch immer. Sie sah aus, als würde sie jeden Moment umfallen. Die Jungs starrten entsetzt und hilfesuchend Paulo an, der offenbar als einziger die Nerven behalten hatte.

Florian kam aus Kabine 3, sein Handy in der Hand, und sagte mit weit aufgerissenen Augen und ausdrucksloser Stimme: „Es kommt gleich jemand."
Paulo umklammerte den Kabinenschlüssel und überlegte fieberhaft. Wenn sie in Kabine 3 gingen, konnten sich alle auf die Bänke setzen. Einige sahen aus, als hätten sie das bitter nötig. Aber hier draußen waren frische Luft und Tageslicht. Außerdem erinnerte die Kabine vielleicht zu sehr an das, was sie gerade gesehen hatten. Am Ende drehte Marcella dann noch mehr durch? Er entschied, draußen zu bleiben. Zudem konnte er dann sicher sein, dass niemand unbemerkt in Kabine 1 ging. Er hatte keine Ahnung, wie viele Schlüssel im Umlauf waren, wusste aber immerhin, dass es mindestens zwei zu jeder Kabine gab. Also stützte er gemeinsam mit Jonas die alte Anna, deren Gewicht schwer auf seinem Arm lastete. Marcellas Gekreische ging mittlerweile in Schluchzen und Wimmern über. Auch einigen Jungs rollten Tränen über die Wangen. Moritz würgte und Alessandro, der Grieche, zitterte wie Espenlaub. Sie standen wortlos im Kabinengang, an die Holzwand der Haupttribüne gelehnt, und warteten.

Nach einigen Minuten hörte man ein Martinshorn näherkommen, gleich darauf ein zweites und drittes. Und dann liefen endlich grün uniformierte Polizisten mit schnellen Schritten auf sie zu, gefolgt von einem Notarzt, der einen schwarzen Koffer trug. Der älteste Polizist sprach die kleine Gruppe an:
„Habt ihr den Notruf abgesetzt?"
Paulo nickte.
„Was ist passiert?"

Mit einem kurzen Blick auf seine Freunde sagte Paulo: „Kommen Sie mit, ich zeig´s Ihnen. Aber vielleicht kann der Arzt sich um Anna hier kümmern?“
„Zuerst muss er nach dem Opfer sehen, aber dann schon.“
Paulo seufzte. „Das Opfer braucht keinen Arzt mehr.“ Und an Jonas gewandt: „Kannst du Anna allein stützen?“
Jonas nickte und legte den Arm um die schmächtige alte Frau. Paulo schloss die Kabinentür wieder auf, machte das Licht an und ging voraus.
„Sie müssen ganz nach hinten, hier entlang.“
Er drückte auf den Lichtschalter des Duschraumes, versuchte, nicht zum toten Torwart hinzusehen und huschte wieder nach vorne.
„Wir warten draußen“, murmelte er und ließ die Männer bei Markus Jensen zurück.
Als er die Kabinentür öffnete und zu seinen Freunden zurücklief, kam gerade ihr Trainer Jan durch den Kabinengang. Der blieb verwirrt stehen und fragte: „Was ist denn mit euch los? Ist jemand gestorben?“
Marcella begann wieder zu schreien, aber Moritz nahm sie fest in die Arme. Sie wurde leiser und weinte nur noch vor sich hin. Paulo seufzte. Offenbar standen hier alle unter Schock, nur er nicht.
„Jan, der Torwart von der Ersten liegt tot da drin. Anna hat ihn vorhin gefunden. Die Polizei ist schon da. Ich wollte nicht mit den anderen in die Dreier gehen. Wir haben ihn alle gesehen. Und ich dachte, wir bleiben lieber hier draußen, an der frischen Luft ... Hilf mir bitte - ich schaff das alles nicht allein!“
Jan schaute seinen jungen kaffeebraunen Stürmer entgeistert an.

„Welcher Torwart? Markus oder Henry?“
„Markus.“
„Und die Polizei ist da drin?“
Kopfnicken.
„In der Einser?“
Wieder Kopfnicken. Jan überlegte kurz, dann dröhnte sein tiefer Bass energisch durch den Kabinengang: „Los – alle auf die Tribüne!“
Die Kinder gehorchten ihrem Trainer sofort. Vermutlich waren sie froh, dass ein Erwachsener ihnen sagte, was sie tun sollten. Jan hakte sich bei Anna unter und folgte seinem Team, die zitternde alte Frau mehr ziehend als führend. Sie setzten sich auf die Holzbänke der Tribüne und schauten aufs Eis. Keiner sagte ein Wort. So saßen sie einige Minuten, bis Paulo plötzlich aufstöhnte und zusammensackte. Er hatte als einziger die ganze Zeit über die Fassung bewahrt. Doch jetzt, wo er zur Ruhe kam, holten die Eindrücke auch ihn ein und er wurde ohnmächtig. Jan sprang auf, eilte zu ihm, lagerte seine Beine hoch und hielt ihn fest. Doch da kam Paulo schon wieder zu sich und versuchte ein zerknirschtes Grinsen. „Tut mir leid, Trainer ...“ Vorsichtig setzte er sich wieder auf.
Jan nickte ihm zu. „Ist schon in Ordnung. Willst du drüber reden, was mit Markus passiert ist?“
Paulo gab zuerst keine Antwort. Er wollte nicht. Aber Jan wusste ja noch gar nichts. Doch schließlich schüttelte er den Kopf und machte die Augen zu.

So saßen sie also weiterhin wortlos auf der Haupttribüne - ein Häufchen verschreckter und verstörter Kinder, eine fassungslose alte Frau und ein ratloser Trainer - und warteten auf die Polizisten, die in Kabine 1 ihre Arbeit machten.

Kapitel vier

Kriminalhauptkommissarin Julia Lehmann saß im Aufenthaltsraum des Polizeireviers und schob den leeren Salatteller ein Stückchen von sich weg. Ihr Kollege, Kriminalobermeister Stefan Siems, hatte nur auf diesen Moment gewartet.

„Also, Julia – wann treffen wir uns zum Üben? Die Gershwin-Stücke klappen überhaupt noch nicht gut!"

Walter Bauer, ein gemütlich-runder Beamter kurz vor der Pensionierung, musterte die beiden und schüttelte den Kopf. Sie hatten noch etliche Dienstjahre vor sich, redeten aber ständig über Musik, die seine eigenen Eltern schon gehört hatten: Swing, Blues, Dixie ...

„Ich hab gedacht, euer Blasorchester hat Sommerpause?", warf er ein, bevor Julia antworten konnte.

Stefan winkte ab. „Ja, klar. Bis die Schule wieder anfängt. Aber die Band probt trotzdem. Also Julia – was ist?"

Julia seufzte. „Zeit hab ich eigentlich keine. Aber von mir aus morgen Abend. Ach so, natürlich nur, wenn dir das nicht zu kurzfristig ist – du kannst dein Solo doch eh nicht ...", zog sie ihn auf.

„Und dein Sax klingt immer noch wie ein Nebelhorn!", gab Stefan zurück.

Walter lachte. „Die Julia sieht eh keiner hinter ihrem Saxophon, das ist ja größer als sie."

Na ja, irgendwie hatte er recht. Die kleine zierliche Julia gab mit dem großen Tenorsaxophon wirklich ein gewöhnungsbedürftiges Bild ab. Aber sobald sie anfing zu spielen, grinste keiner mehr. Schon als Kind hatte Julia Klarinette gespielt, und vor mehr als fünfzehn Jahren war die heute 41-jährige aufs Saxophon

umgestiegen. Seit ihre Ehe vor einigen Jahren in die Brüche gegangen und sie zurück in ihre Heimatstadt gezogen war, übte sie täglich mindestens eine Stunde. Zum Ärger ihrer Nachbarn, die mit Jazz nichts anfangen konnten ...
Um des lieben Friedens willen hatte Julia einen Kellerraum als Musikzimmer hergerichtet, und dort traf sich auch die Band zum Proben. Kurz nachdem Julia nach Bayreuth versetzt worden war, hatte sie ihren Kollegen Stefan kennengelernt und wurde von ihm sofort mit ins städtische Blasorchester geschleppt. Wenig später waren sie auf die Idee gekommen, ihre Band zu gründen. Anfangs fanden die Proben bei Stefan statt. Als aber seine beiden Jungs auf die Welt gekommen waren, hatte seine Frau Susanne entschieden protestiert.
„Kommt nicht mehr infrage – jedes Mal, wenn ihr Musik macht, darf ich die schreienden Zwillinge durch die Gegend schleppen und krieg sie nicht beruhigt. Ihr müsst was anderes finden, und wenn es unter der Mainbrücke ist!“
Julias Musikzimmer hatte sich angeboten, und so trafen sie sich seither fast jede Woche in der Saas, wo sich durch ihre Proben nur Kater Leo gestört fühlte, der ab und zu unwillig fauchend die Ohren nach hinten legte, bevor er in die nächtlichen Gärten verschwand.
Stefan stand ruckartig auf und schob seinen Stuhl zurück. „Okay, morgen Abend. Wir werden ja sehen, wer geübt hat.“

„Seid da mal nicht so sicher! Morgen Abend werdet ihr voraussichtlich keine Zeit für eure Katzenmusik haben“, tönte es von der Tür herüber. Horst Schreiber steckte den Kopf in den Aufenthaltsraum. „Arbeit für

euch. Grad ist ein Notruf reingekommen – eine Leiche im Eisstadion. Gewalteinwirkung, Kopfwunde. Riecht stark nach Mord. Beeilt euch mal lieber – wenn Staatsanwalt Strasser vor euch dort ist, gibt es mit Sicherheit wieder einen Vortrag über Schnelligkeit und Effektivität ..."
Horst zwinkerte den beiden zu. Strasser war stadtbekannt dafür, dass es ihm immer zu lange dauerte, bis die Polizei am Tatort erschien – selbst wenn das Gelände innerhalb von nur zwei Minuten komplett abgeriegelt wäre. Davon abgesehen war er jedoch ein relativ umgänglicher Mann, mit dem man gut arbeiten konnte. Solange man es nicht wagte, einen seiner berüchtigten Vorträge über Schnelligkeit und Pünktlichkeit zu unterbrechen ...
Julia sprang auf und räumte den leeren Teller weg, jedoch nicht ohne einen sehnsüchtigen Blick auf den Schokoladenkuchen zu werfen, den Walters Frau gebacken hatte. „Na, dann wollen wir mal!"

Es dauerte nicht lange, bis sie beim Eisstadion ankamen. Die Spätsommersonne hatte sich gerade durch die Wolken gekämpft und hüllte den nicht überdachten Eingangsbereich in gedämpftes Licht. Über der leeren Eisfläche hatte sich leichter Dunst gebildet und die Plexiglasumrandung war beschlagen. An der Eingangstür flatterte bereits das von der Polizei angebrachte Absperrband. Auf Julia, die mit Eishockey überhaupt nichts am Hut hatte, wirkte das ganze Bild irgendwie unpassend, unwirklich. Es war noch Sommer – dazu gehörte in ihren Augen kein Eis. Kopfschüttelnd schaute sie sich um und registrierte beim Hereinkommen nebenbei, dass auf der hölzernen Tri-

büne einige Leute saßen, so wie es aussah fast alles Kinder. Die Zusatztribüne dagegen, die hinter der Gegengeraden anschloss, war leer. Ein grün uniformierter Streifenpolizist wartete vor der Haupttribüne und kam jetzt eifrig auf Julia und Stefan zu. Julia kannte ihn vom Sehen, sein Name fiel ihr auf die Schnelle aber nicht ein. So war sie erleichtert, als Stefan ihn gleich kameradschaftlich begrüßte.
„Hallo, Michel! Wo liegt denn die Leiche? Und, was habt ihr schon herausgefunden?“
Julia schmunzelte in sich hinein. Welcher erwachsene Mensch ließ sich denn bitte Michel rufen? Da fiel doch jedem sofort die Geschichte vom Michel aus Lönneberga ein – lachhaft ... Julia verscheuchte ihre Gedanken, denn Michel nickte den beiden zu und berichtete: „Männliche Leiche, bis auf ein Duschtuch nackt. Er liegt in Kabine 1 auf dem Boden und gehört wohl zur Mannschaft der Tigers. Die Putzfrau hat ihn gefunden. Sie steht allerdings noch unter Schock und ist momentan nicht vernehmungsfähig. Ihr Geschrei hat einige Kinder angelockt, die auch Eishockey spielen. Die haben dann den Notruf abgesetzt. Laut Aussage der Kinder handelt es sich bei dem Toten um den Torhüter, Markus Jensen.“
Er machte eine vielsagende Pause und sah Julia erwartungsvoll an. Es war klar, dass noch mehr kam. Sie lächelte und tat ihm den Gefallen nachzufragen.
„Weiß man schon etwas zur Todesursache? Im K1 haben sie was von einer Kopfverletzung gesagt.“
Michel zog eine Augenbraue hoch. „Das glaubt ihr nicht – der Tote hat ein Teil in der Schläfe stecken, das sieht aus wie ein futuristisches Kampfgerät. Die Kinder sagten, es wäre eine Schlittschuhkufe.“

Er genoss die Verblüffung seiner Kollegen sichtlich, und ein breites Grinsen zog sich über sein Gesicht. „Na, dann sollten wir uns das mal ansehen", meinte Julia und wechselte einen schnellen Blick mit Stefan. „Welcher Arzt ist denn gekommen?"
Michel zeigte auf die Haupttribüne. „Gleich zwei. Einmal Notarzt Dr. Weiß. Der kümmert sich gerade um die Putzfrau und die Kinder. Ist allen ziemlich in die Knochen gefahren, die haben Betreuung wirklich nötig. Und außerdem ist noch Dr. Kollrab da. Er untersucht grad den Toten. Kommt mit, ich zeig euch wo."
Sie folgten ihm in den Kabinengang, der sich unter die Haupttribüne schmiegte. Vorne und hinten offen - hier mochte im Winter der Wind manchmal gut durchfegen, überlegte Julia. Am hinteren Ende stand eine Eismaschine, der dazu gehörende Eismeister war jedoch nirgends zu sehen. Vorbei an Schaukästen mit Mannschaftsfotos und Pokalen liefen sie weiter ins Dämmerlicht des Ganges hinein, ließen einige Türen unbeachtet, bis sie schließlich vor Kabine 1 standen. Michel hielt ihnen die Tür auf, wartete jedoch draußen. Julia schnupperte kurz und starrte Stefan verblüfft an. Was war das denn? Es roch total sonderbar hier, nach einer Mischung aus saurem Schweiß und muffeligen Socken, analysierte sie blitzschnell, während sie versuchte möglichst flach zu atmen. Was jedoch nicht viel nutzte. Jetzt bemerkte sie auch den leichten Blutgeruch, der ebenfalls in der Luft lag. Julia und Stefan liefen durch einen engen Gang in die Hauptkabine, wo sie sich erst einmal verwirrt umsahen. Überall hingen Eishockeyausrüstungen, und ein großer Deckenventilator drehte schwerfällig seine Kreise. In einer Ecke flimmerte ein Fernseher. Vielleicht hatte der Tote ihn

eingeschaltet, um die Sportnachrichten zu verfolgen. Am anderen Ende der Kabine befand sich eine weitere Tür, in der jetzt Dr. Kollrab erschien. Sie hatten bisher noch nicht mit ihm zusammengearbeitet und stellten sich vor. Der Bereitschaftsarzt begrüßte die beiden mit einer Herzlichkeit, die in krassem Gegensatz zu ihrer Umgebung stand. Vermutlich war er einfach nur froh, nicht mehr allein zu sein, überlegte Julia resigniert. Sie musterte ihn unauffällig, während er zu sprechen begann. Er hatte schon etliche Dienstjahre auf dem Buckel, so wie er aussah. Schütteres graumeliertes Haar, nicht übermäßig groß. Ein rundlicher gemütlicher Bierbauch hing über seinem Hosenbund, in krassem Gegensatz dazu standen seine langen schlanken Finger. Die eisgrauen Augen blitzten unternehmungslustig, als er zu ihr herüberblickte.
„Schauen Sie nur, so was hab ich noch nie gesehen. Wie man nur auf so eine Idee kommen kann ... Eigentlich genial. Ein wenig stümperhaft ausgeführt vielleicht. Was mir als Arzt zeigt, dass der Täter nicht Medizin oder Anatomie studiert hat. Aber egal – sehen Sie sich die Waffe an!“
Offenbar war er wirklich begeistert. Julia seufzte und trat an ihm vorbei in den kleinen Raum. Seitlich stand eine Waschmaschine, die allerdings momentan nebensächlich war. Der Tote lag etwa in der Mitte zwischen Kabinentür und der Dusche, die nach hinten anschloss. Er hatte wirklich nur ein Handtuch umgebunden, ansonsten war er nackt. Sein Haar war noch feucht, möglicherweise war er vom Täter überrascht worden, als er aus der Dusche kam. Sie starrten beide auf seine Schläfe, in der ein Teil steckte, das Julia niemals auf Anhieb als Schlittschuhkufe erkannt hätte. Wie hatte Michel es

beschrieben? Futuristisches Kampfgerät. Das traf es ganz gut. In einem Fantasyfilm hätte man die Tatwaffe gut als Mischung aus Schlagring und Nahkampfmesser einsetzen können. Es war eine Art Schweizer Käse aus - Metall? Kunststoff? Mit fünf Löchern, durch die man die Finger stecken könnte, wenn man wollte. Mit der Kufe zum Handrücken hin gehalten, war es vielleicht wirklich durchaus eine Nahkampfwaffe, die es in sich hatte.
Jetzt steckte die Kufe - die übrigens ziemlich schmal war, wie Julia verwundert registrierte – in der Schläfe des toten Torhüters. Ein dünner Blutfaden war entlang der Kufe nach unten gelaufen, auf die Brust von Markus Jensen getropft und dort getrocknet. Das weitaus meiste Blut hatte sich jedoch in einer dunkelbraunen, schwabbelig-geronnenen Lache gesammelt, die sich unter dem Kopf des Goalies auf dem tannengrünen genoppten Gummiboden ausgebreitet hatte.
Julia spürte, wie sich ihre Nackenhaare aufstellten. Seit sie im K1 arbeitete, hatte sie schon einige Leichen gesehen, so schrecklich war es allerdings noch nie gewesen. Sie schaute hilfesuchend zu Stefan hinüber und bemerkte, dass auch er ziemlich blass geworden war. Kurz entschlossen drehte sie sich wieder um.
„Ich würde gern an der frischen Luft mit Ihnen reden, Doktor Kollrab."
Der nickte verständnisvoll und Stefan blinzelte ihr dankbar zu.
„Ganz schön dicke Luft da drin, nicht wahr?", bemerkte der Arzt grinsend, als er schwungvoll die Kabinentür aufstieß.
„Oh ja!" Julia holte tief Luft und atmete schnell wieder aus. Den nächsten Atemzug ließ sie ganz bewusst und

genießerisch bis in die letzten Winkel ihrer Lunge strömen und schmeckte die herbstlich-rauchige Luft regelrecht im Mund. Dann seufzte sie erleichtert auf.
„Besser! Also: Was können Sie uns schon sagen?"
Dr. Kollrab zuckte mit den Schultern. „Leider noch nicht allzu viel. Außer natürlich dem Offensichtlichen: Die Schlittschuhkufe in der Schläfe ist vermutlich die Todesursache. Todeszeitpunkt irgendwann heute Vormittag. Er muss überrascht worden sein, als er aus der Dusche kam. Seine Haare waren noch nass. Alles andere ist derzeit jedoch noch reine Spekulation. Zuerst muss er mal nach Erlangen in die Rechtsmedizin, dann wissen wir mehr. Sonst kann ich nichts sagen. Außer, dass der Tote männlich ist, etwa 25 Jahre alt und gut durchtrainiert. Aber das haben Sie ja selbst gesehen. Ich geh wieder rein."
Er nickte ihnen nochmals zu und verschwand wieder in Kabine 1.
„Du lieber Himmel – sind echt nur wir so zart besaitet?", stöhnte Julia und schaute Stefan gespielt verzweifelt an.
Der grinste. „Na ja, Sportlerkabinen halt. Und Eishockey ist da wohl extrem, mit dem ganzen Kram, den die Spieler anziehen. Ein Fußballtrikot ist halt schon mal schneller gewaschen als eine Ritterrüstung. Wollen wir?"
Als Julia nickte, winkte er Michel herüber, der einige Meter entfernt die Mannschaftsfotos im Schaukasten bewunderte.
„Sind die Putzfrau und die Kinder noch auf der Tribüne?"
„Klar. Und der Trainer der Kinder. Der hat mich vorhin gebeten, den Vorstand informieren zu dürfen. Der

wird auch bald hier sein. Und der Nachwuchsleiter, der kommt auch noch."

Julia sah sich suchend um. „Gibt es hier einen Raum, in dem wir ungestört mit den Leuten reden können?"

Michel zeigte auf eine Tür in der Tribünenwand. „Hier ist der VIP-Raum. Das ginge. Oder vorne im Anschnallraum. Der hat allerdings Panoramafenster."

Julia öffnete interessiert die Tür und warf einen Blick in den VIP-Raum. Fensterlos, Stehtische, kühle Atmosphäre. Mit einem Ruck warf sie die Tür wieder zu. „Anschnallraum, dann gehen wir eben ganz nach hinten, das kriegen wir schon. Aber jetzt erst mal auf die Tribüne, damit wir die Kinder kennenlernen. Wohin müssen wir?"

Michel zeigte auf einen Durchgang in der Mitte der Tribüne. Hier kamen normalerweise die Mannschaften entlang, wenn sie aus den Kabinen aufs Eis liefen. Rechts ging es ein paar Stufen hoch, und da wartete die Knabenmannschaft auf den Holzbänken. Trainer Jan Keller saß hinter den Kindern und beobachtete sie wortlos. Einige Meter weiter links beugte sich der Notarzt über eine zierliche ältere Frau. Julia stieß Stefan an.

„Frag mal Dr. Weiß, ob sie vernehmungsfähig ist", trug sie ihm auf.

Dann atmete sie noch mal tief durch, strafft sich ein klein wenig und ging hinüber zur Knabenmannschaft.

„Hallo, ich bin Kriminalhauptkommissarin Julia Lehmann. Ihr habt uns angerufen?" Die Kinder nickten.

In diesem Moment kam ein Mann auf die Tribüne gelaufen und schaute sich suchend um. Eines der beiden Mädchen stieß einen leisen Schrei aus, sprang auf

und flüchtete weinend in seine Arme. „Schon gut, Marcella“, sagte er leise, hob sie hoch und trug sie herüber.
„Entschuldigung. Martin Stanford. Ich bin Marcellas Vater. Jan hat mich angerufen, weil Marcella so verstört war“, stellte er sich Julia vor.
Die warf einen langen, traurigen Blick auf Marcella, zeigte mit dem Daumen in Richtung Arzt und meinte dann: „Am besten gehen Sie mit ihr zu Dr. Weiß und lassen sich ein Beruhigungsmittel geben.“
Zu den Kindern gewandt sagte sie: „Ich würde gerne mit jedem von euch einzeln reden, vorne im Anschnallraum. Erzählt mir bitte alles, was ihr wisst oder was euch aufgefallen ist. Nur so können wir uns möglichst schnell ein Bild davon machen, was passiert ist. Eure Namen habt ihr ja meinem Kollegen schon gesagt, der holt euch dann. Und bleibt bitte hier sitzen, bis er euch aufruft. Danke. Sie sind der Trainer?“, fragte sie Jan. Als er nickte, bat sie ihn gleich als Ersten nach unten.
„Das muss für die Kinder furchtbar gewesen sein“, sagte sie leise, als sie durch den Kabinengang nach vorne gingen. Michel hatte in der Zwischenzeit den Schlüssel für den Anschnallraum besorgt und aufgeschlossen.
Jan seufzte hörbar. „Ich war noch nicht hier, als sie Markus gefunden haben und hab ihn selbst auch nicht gesehen. Aber es muss ein schreckliches Bild gewesen sein. Paulo sagt, Markus hatte eine T´blade im Kopf stecken.“
Er hielt Julia die Tür auf, aber die Kommissarin blieb stehen und sah ihn verwirrt an. „Eine was?“, fragte sie nach.

Jan deutete nach drinnen. „Kommen Sie erst mal rein.“ Als sie sich hingesetzt hatten – nicht hinten in die Ecke, sondern Jan hatte ganz selbstverständlich einen der Hocker am Fenster genommen – begann er zu erklären.
„T´blades, das sind Schlittschuhe mit Wechselkufen. Kennen Sie sich ein wenig aus mit Eissport?“
Julia schüttelte den Kopf und merkte zu ihrem großen Unmut, wie es ihr heiß ins Gesicht stieg. Was war denn mit ihr los? Dieser Trainer hatte eine Stimme, die ihr beim ersten Wort schon unter die Haut gefahren war. Und ein Rasierwasser, das so lecker duftete, dass sie am liebsten an seiner Wange geschnuppert hätte. Lächerlich, wie unprofessionell sie sich verhielt. Sie hatte hier eine Zeugenbefragung durchzuführen. Energisch schlug sie ihre – ein klein wenig weichen – Beine übereinander und nahm dankbar zur Kenntnis, dass Stefan ebenfalls hereingekommen war.
„Okay, ich erklär’s Ihnen. Normale Schlittschuhe müssen regelmäßig geschliffen werden, T´blades nicht. Die haben Wechselkufen. Wenn die stumpf werden, kann man sie einfach austauschen. Sind nur so schmale Dinger.“
Er zeigte mit zwei Fingern, was er meinte. Julia war das immer noch nicht richtig klar.
„Aber ..., da war nicht nur das schmale Ding, sondern noch ein schwarzer Halter dran mit Löchern ... Fünf Löcher, so als könnte man die Finger reinstecken.“
Jan nickte. „Genau. Auf diese Halter kommen die schmalen Kufen drauf, die man wechseln kann. Und das Ganze wird dann am Schlittschuh angebracht. Die Teile waren letzte Saison total in. Jeder, der cool sein

wollte, hat sich T'blades besorgt. Fragen Sie mal meine Jungs!“
Er lachte ein sympathisches, tiefes Lachen und streckte seine langen Beine aus. „Mittlerweile sind viele wieder auf normale Schlittschuhe zurück.“
Julia sah ihn aufmerksam an. „Und warum?“
Jan lachte wieder. „Na ja, diese Wechselkufen kann man nicht schleifen, wenn sie mal stumpf sind. Das wiegt die Vorteile wohl nicht immer auf. Außerdem, Sie wissen ja, wie das ist … Manche Sachen sind plötzlich unheimlich gefragt und ein paar Monate später schon wieder vergessen. Und keiner weiß letztendlich warum. Ist halt unsere schnelllebige Zeit.“
„Da haben Sie recht. Und was genau sind die Vorteile der T'blades?“
„Gewicht und Fahreigenschaften. Sie sind leichter und damit erheblich wendiger als normale Kufen. Angeblich. Ich hab noch keine getestet.“

Stefan, der ein Plakat am Fenster gelesen hatte, kam jetzt herüber und setzte sich zu den beiden. Julia wechselte einen kurzen Blick mit ihm und lächelte. Sie verstanden sich beruflich wie privat gut miteinander, und Julia war regelmäßig bei ihm und seiner Familie zu Besuch. Sie waren gute Freunde geworden in all den Jahren, die sie jetzt schon zusammenarbeiteten. Und plötzlich war Stefan, ohne es zu ahnen, auf einmal genau die Stütze im Hintergrund, die sie brauchte, um ihre aus dem Gleichgewicht geratenen Emotionen wieder zurechtzurücken.
„In Ordnung, dann wäre das Thema Tatwaffe ja schon mal ausreichend erläutert. Danke. Sie sind also Jan Keller, der Knabentrainer.“

Jan nickte.
„Geboren am 7.2.1971?“
„Stimmt.“
„Und Sie sind erst gekommen, als die Kinder uns schon angerufen hatten?“
„Ja, da waren Ihre Kollegen schon hier. Paulo hatte ihnen gerade die Kabine gezeigt. Der Junge hat sich klasse verhalten. Er hat hier alle dirigiert, die Kinder und Anna aus der Kabine gescheucht, abgesperrt, Flo bei Ihnen anrufen lassen. Erst als ich dann kam, ist er umgekippt. War wohl doch zu viel für ihn.“
Julia machte sich Notizen, was völlig überflüssig war, da Stefan eh alles aufnahm. Aber es half ihr, eine gewisse Struktur in ihre Überlegungen zu bringen.
„Haben Sie hier irgendetwas Ungewöhnliches bemerkt, als Sie ins Eisstadion gekommen sind?“, fragte sie dann.
Jan lachte wieder. Julias Magen sackte für eine Viertelsekunde zwei Zentimeter tiefer als normal, bevor er mit Schwung an seinen angestammten Platz zurückschnellte. Sie ärgerte sich erneut über sich selbst, aber weder Jan noch Stefan bemerkten etwas von ihrer Verunsicherung.
„Sie meinen, abgesehen von den beiden Streifenwagen, dem Notarztwagen, den Polizisten und dem Absperrband?“, fragte Jan zurück, ehe er antwortete. „Nein, mir ist nichts aufgefallen.“
„Und wie gut haben Sie das Opfer gekannt?“
Diesmal lachte er nicht, sondern sah Julia mit einem undefinierbaren Blick an.
„So gut man eben jemanden kennt, der einem die Ehefrau ausgespannt hat. Damit hätte ich ein Mordmotiv, nicht wahr?“

Julia vergaß zu atmen, aber Stefan zog die Augenbrauen hoch und antwortete. „Ja, damit hätten Sie ein Mordmotiv. Erzählen Sie mal ein wenig mehr.“
Jan fuhr sich durch die dunkelblonden Haare, verschränkte die Arme und holte tief Luft. Dann begann er: „Markus war ein Verrückter. Ein begnadeter Torwart, aber das hat ihn nicht wirklich interessiert. Seit er vor über einem Jahr zu den Tigers gewechselt ist, war für ihn nur eines wichtig: Frauen. Er war regelrecht süchtig nach Eroberungen. Und mit keiner hat es lang gedauert. Es gab Zeiten, in denen er in einer Woche fünf oder sechs Frauen abschleppte. Das hat sich natürlich in der Mannschaft rumgesprochen, eigentlich im ganzen Verein. Er schreckte auch nicht davor zurück, meine Frau anzubaggern. Und nicht genug damit, dass sie mit ihm ins Bett gehüpft ist - nein! Sie nimmt das Ganze auch noch ernst und zieht aus. Zuerst hat sie mir ja nicht erzählt, um wen es ging. Aber nach ein paar Tagen ist sie mit Sack und Pack verschwunden. Dummerweise hat der gute Markus sie nur ausgelacht, als sie bei ihm vor der Tür stand. Und ich hatte logischerweise auch keine Lust, sie wieder aufzunehmen. Reicht schon, dass sie mich mit so einem Bübchen gehörnt hat. Wer weiß schon, wann der Nächste gekommen wäre ...“
Jan starrte gedankenverloren auf den grünen Gummiboden, bis Julia sich räusperte.
„Ähm – wann war das alles?“, fragte sie betont sachlich.
Jan blickte hoch. „Ende Januar. Eine Woche vor meinem Geburtstag. Mann, Mann, Mann! War ich damals besoffen! Das erste und letzte Mal in diesem Jahr.“
„Und wo wohnt Ihre Frau jetzt?“

„Hugenottenstraße 35. Gleich beim Gefängnis, in Sankt Georgen. Kennen Sie sich in Bayreuth aus?“
Julia nickte. „Bin hier geboren und seit acht Jahren wieder im Land, seit meine Ehe in die Brüche gegangen ist.“
Ging ihn eigentlich nichts an. Aber vielleicht tat es ihm ja gut, nicht der Einzige zu sein, dem es so ging. Sie schaute kurz zu Stefan, der die Stirn runzelte. Schnell blickte sie wieder weg. Sie wollte lieber gar nicht wissen, ob er begriff, was mit ihr los war.
„Sehen Sie Ihre Frau noch oft?“, sprach sie den Knabentrainer erneut an.
Jan lachte wieder, aber diesmal war es ein freudloses, böses Lachen. „Ich hab ihre Vorhangstangen aufgehängt, am zweiten März. Keine Ahnung, warum ich überhaupt noch was für sie getan habe. Vielleicht, um sicher zu sein, dass sie wirklich weg ist. Seitdem hab ich nichts mehr von ihr gesehen oder gehört. Ich hab ihr damals gesagt, dass sie für mich erledigt ist und ich keinen Kontakt mehr will. Sie hält sich dran.“
„Und zu Markus Jensen, hatte sie zu dem noch Kontakt?“, fragte Stefan.
„Keine Ahnung. Aber wie ich Markus einschätze, nein. Der hat seine Eroberungen nur für die Trophäenliste gebraucht, da gab es keine aufgewärmten Sachen.“
„Wissen Sie, wer seine aktuelle Flamme war?“
„Nein, ich hatte kaum etwas mit ihm zu tun - da müssen Sie die Jungs von der Ersten fragen. Vielleicht wissen die was.“
„Von der Ersten?“, hakte Julia ratlos nach. Für sie war das hier komplettes Neuland.
„Die erste Mannschaft. Die, die immer in der Zeitung zu finden ist. Die Bayernligatruppe.“

„Dann gibt es auch eine Zweite?“, fragte sie und legte den Kopf ein wenig schief. Sie merkte gar nichts davon, aber Jan lächelte unwillkürlich.
„Nein. Wenn, dann wäre es die 1B. Aber wir haben nur die Erste und die Nachwuchsteams.“
„Ach so. Ich glaube, das war's erstmal – vielen Dank, Herr Keller.“
„Keine Ursache. Ich sehe noch mal nach den Kindern, wenn's Ihnen recht ist.“
Julia nickte und sah ihm nach, als er mit weit ausholenden Schritten zur Tribüne lief, diesmal nicht vom Kabinengang her, sondern vorn an der Eisfläche entlang. Der Typ hatte sie total verwirrt, und das war eine Erfahrung, mit der sie gerade irgendwie gar nicht umgehen konnte. Seit ihrer Scheidung war sie keinem einzigen Mann begegnet, der ihrer Ansicht nach einen zweiten Blick wert gewesen wäre. Die Jungs von der Band waren Kumpel, sonst nichts – dazu kannten sie sich viel zu gut. Und Stefan, der war einer ihrer besten Freunde. Fertig. Denn von Männern hatte sie die Nase ja gestrichen voll, seit Bernd damals mit seiner Sekretärin ins Bett hüpfen musste, um sie auch noch sofort zu schwängern. Während Julia zuvor sechs Jahre lang alles Mögliche versucht hatte, um schwanger zu werden. Ohne Erfolg. Bei der Vorstellung, gleich einen ganzen Schwung Kinder befragen zu müssen, die alle in dem Alter waren, das ihr Kind jetzt wohl auch in etwa hätte, schob sich dieser Frust wieder beharrlich in ihren Kopf. Wenn es damals bei ihr geklappt hätte und nicht bei der Sekretärin ... Am liebsten hätte sie Stefan einfach mit der Meute allein gelassen. Doch das ging natürlich überhaupt nicht, schließlich hatten sie einen Fall zu klären.

Stefan seinerseits kannte Julia gut genug um zu wissen, wie es ihr in Bezug auf die Kinder ging. Er hatte nicht vergessen, wie sonderbar Julia geworden war, als seine Frau Monika die Zwillinge bekommen hatte. Sie hatte sich regelrecht in ein Schneckenhaus zurückgezogen, in dem sie vermutlich heute noch sitzen würde, wenn Stefan und Monika sie nicht gefragt hätten, ob sie Taufpatin für Patrick werden wolle. Das war der Moment gewesen, in dem Julias Fassade bröckelte und sie wie ein Häufchen Elend bei ihnen auf dem Sofa gesessen und einen ganzen Berg Tempos verbraucht hatte. Seitdem kannten die beiden Julias Geschichte von verzweifeltem Kinderwunsch und Scheidung und wussten, dass ihr der Anblick eines Babys einfach fast das Herz zerriss. Patin war sie trotzdem geworden. Aber ihr Verhältnis zu Patrick, wie auch zu seinem Bruder Justus, war nach wie vor zurückhaltend, ein bisschen wie auf dünnem Eis. Stefan konnte sich also gut vorstellen, dass Julia sich nicht gut fühlte bei der Aussicht darauf, jetzt eine ganze Mannschaft von Kindern auszufragen. Er zwinkerte ihr aufmunternd zu und brummte: „Keine Bange. Denk einfach, es wären meine Jungs in ein paar Jahren. Augen zu und durch!“
Julia nickte seufzend. Sie konnte mit Kindern ja auch überhaupt nicht umgehen, vermied eigentlich jeden Kontakt zu ihnen. Warum sich unnötig wehtun? Aber diese Erfahrung fehlte ihr jetzt, was die folgenden Gespräche für sie nicht einfacher machen würde.

Kapitel fünf

Stefan schnaufte tief durch und sah Julia fragend an. „So, das waren alle. Und ich bin kein bisschen schlauer als vorher. Hast du irgendwelche neuen Ideen?"
Julia schüttelte bedauernd den Kopf. „Nein, anscheinend hat keines der Kinder etwas Außergewöhnliches bemerkt."
„Und? Schon eine Vermutung?"
Erneutes Kopfschütteln. Julia blickte durch das Panoramafenster nach draußen, wo Jan Keller und Martin Stanford gerade mit der Knabenmannschaft zum Ausgang liefen. Ihr Blick blieb einen Moment zu lange an Trainer Jan haften und folgte seiner hochgewachsenen Gestalt, bis der Sportler aus ihrem Sichtfeld verschwunden war. Unwillig runzelte Julia die Stirn und wandte sich Stefan zu, der sie beobachtet hatte.
„Nein, keine Vermutung. Dieser Trainer hätte ein Motiv. Ich kann mir aber nicht wirklich vorstellen, dass er etwas mit dem Mord zu tun hat ..."
Stefan schaute ihr forschend in die Augen. „Kannst du nicht oder willst du nicht?"
Julias Körper streckte sich schlagartig, sie saß auf einmal kerzengerade da und funkelte ihren Kollegen wütend an. „Wir sollten mit der Putzfrau und den Spielern aus der ersten Mannschaft reden. Das bringt vermutlich mehr, als sich am nächstbesten Verdächtigen festzubeißen."
Stefan grinste sie an. „Ich glaub auch nicht wirklich, dass dieser Jan in den Mord verwickelt ist. Aber es war interessant dir zuzusehen, als du mit ihm geredet hast ..."

„Was soll das heißen?“, fuhr Julia hoch und spürte, dass sie rot wurde.
Stefan grinste noch mehr. „Dass du offensichtlich endlich über deinen Bernd hinweg und offen für was Neues bist“, antwortete er gut gelaunt. „Nur ist ein Tatverdächtiger definitiv nicht zum Flirten geeignet. Pass bloß auf, dass Strasser nichts davon merkt. Sonst riskierst du Ärger.“
Julia schnappte empört nach Luft. „Ich weiß, was ich darf und was nicht, keine Sorge. Und ich werde mich im Griff haben, falls wir diesen Jan noch einmal befragen.“
„Davon bin ich überzeugt. Ich werde jetzt trotzdem mal nachfragen, ob die Putzfrau mittlerweile vernehmungsfähig ist.“
Doch gerade als Stefan aufstand, bemerkten die beiden einen ziemlich hektisch wirkenden Mann, der mit schnellen Schritten ins Eisstadion lief und sich suchend nach allen Seiten umsah. Jetzt entdeckte er Michel und redete aufgeregt gestikulierend auf ihn ein, worauf dieser nickte und auf das Panoramafenster des Anschnallraumes zeigte. Keine zehn Sekunden später stand der Neuankömmling vor Stefan und Julia.
„Sie sind die ermittelnden Beamten?“, fragte er und ohne eine Antwort abzuwarten, stellte er sich vor: „Mein Name ist Walter Ortung, Vorsitzender der Tigers. Jan Keller hat mich angerufen und erzählt, unser Torhüter Markus Jensen wäre tot. Ich bin so schnell wie möglich hierher gekommen, aber ich war geschäftlich in Plauen, Sie verstehen. Es ging leider nicht schneller. Sagen Sie mir, wie ich Ihnen helfen kann. War es tatsächlich Mord oder ein Unfall? Wie ist es denn überhaupt passiert?“

Jetzt endlich unterbrach er, um Luft zu holen. Julia setzte ein gewinnendes Lächeln auf, strich eine dunkle Locke aus ihrem Gesicht und zückte ihren Ausweis, um ihn Ortung unter die Nase zu halten.
„Ich bin Kriminalhauptkommissarin Julia Lehmann und das ist mein Kollege Stefan Siems. Und ja, wir sind die ermittelnden Beamten. Es ist sehr freundlich von Ihnen, uns zu unterstützen. So wie es im Moment aussieht, deutet alles auf Mord hin – es sei denn, Ihr Torhüter wäre nach dem Duschen in eine einzelne Schlittschuhkufe gelaufen. Vielleicht können Sie uns einige Fragen beantworten?"
Ortung nickte. An seiner Schläfe schwoll eine Ader gefährlich dick an – offenbar regte er sich ziemlich auf. Was nicht befremdlich war, wie Stefan bei sich dachte. Die erste Mannschaft war das Aushängeschild des noch recht jungen Vereins, und man konnte sich nach dem Konkurs des Vorgängerclubs jetzt keinen Skandal leisten. Die Zukunft des Eishockeysports in Bayreuth hing nach dem Tod des Torhüters an einem seidenen Faden. Also konnte es nur im Interesse des Vorstandes sein, diesen Mord schnellstmöglich aufzuklären.
Julia sah ihn fragend an, und Stefan nickte ihm aufmunternd zu.
„Allerdings wäre es nett, wenn Sie umgekehrt Ihren Sarkasmus bleiben lassen würden, Frau Lehmann. Immerhin ist hier jemand gestorben!", warf Ortung ein, worauf Julia eine kurze Entschuldigung murmelte, bevor sie zum Thema zurückkehrte. Warum musste auch immer ihr loses Mundwerk mit ihr durchgehen?
„Okay. Herr Ortung, wie gut kannten Sie Markus Jensen?"

Der Vorsitzende zückte ein Taschentuch und betupfte sich damit die Stirn, auf der kleine Schweißperlen zu sehen waren. Besonders sportlich sieht der ja nicht aus, überlegte Julia. Andererseits hatte er den Verein zu leiten und nicht übers Eis zu flitzen. Was bei seinem Bauch mit Sicherheit nicht besonders professionell aussehen würde ... Schließlich steckte er das Taschentuch mit einer schnellen, nervösen Bewegung wieder weg und legte los.

„Nun ja, wir kannten uns natürlich. Ich habe mit ihm den Vertrag gemacht, ihn bei jedem Spiel gesehen. Außerdem bin ich mindestens einmal in der Woche hier, wenn die Erste trainiert. Und hinterher oft noch in der Kabine.“ Julia runzelte die Stirn und zog die Nase bei der Erinnerung an die stickige Luft ein klein wenig kraus. „Ab und zu gehen wir nach Heimspielen alle noch eins trinken. Bei Auswärtsspielen kommt das hin und wieder auch mal vor.“

„Ja gut – aber was wissen Sie über den Toten?“

Ortung überlegte kurz. „Er hat letzten Sommer hier unterschrieben, im Juli war das wohl. Kam von München zum Studium hierher. Sportökonomie oder so was, glaube ich. Ein sehr talentierter Torwart, der ständig irgendwelche Weiber abgeschleppt hat.“

Julia seufzte. „Und sonst?“

„Nichts und sonst. Wohnte im Bodenseering. Mehr weiß ich nicht.“

Er drehte als Zeichen seines Bedauerns die Handflächen nach oben. „Ich würde Ihnen gerne weiterhelfen, aber mehr weiß ich wirklich nicht. Mir – und dem gesamten Verein – wäre natürlich sehr daran gelegen, dass die Geschichte schnell geklärt wird.“

Julia nickte verständnisvoll. „Sie können uns tatsächlich helfen. Ich hätte gern alle Spieler der ersten Mannschaft hier. Aber sagen Sie ihnen bitte noch nicht, dass ein Mord geschehen ist. Nur, dass es einen Toten gibt und alle schnellstmöglich erscheinen sollen."
Ortung nickte. „Das ist kein Problem."
Er zückte sein Handy und begann zu telefonieren. Währenddessen kam Michel wieder herein und drückte Julia einen Zettel in die Hand, auf dem die Personalien des Opfers standen. Julia warf einen kurzen Blick darauf und fragte dann beiläufig: „Wo bleibt eigentlich Staatsanwalt Strasser? Das ist ja total untypisch für ihn, nicht sofort am Tatort zu sein. Noch dazu bei einem Mord ..."
Michel grinste. „Tja, der ist noch bis zum Wochenende in der Toskana. Jahresurlaub. Und sein Vertreter hat es wohl weniger eilig. Obwohl ich mir bei Strasser sogar vorstellen könnte, dass er unter diesen Umständen vorzeitig zurückkommt."
Julia und Stefan grinsten ebenfalls. Ja, das war gut möglich!

Bis die Spieler eintrafen, unterhielt sich Julia noch mit dem Eismeister. Sehr zu ihrem Bedauern war jedoch auch ihm nichts Außergewöhnliches aufgefallen. Er hatte gegen neun Uhr das Eis frisch aufbereitet, danach die Eismaschine hinter dem Kabinengang abgestellt und war in seiner Werkstatt verschwunden, wo er – wie er flüsternd zugab – einige „Zeitschriften" gelesen hatte. Julia verzichtete darauf, die Titel zu erfragen.

Nach einer guten halben Stunde waren die Bayernligisten eingetroffen. Zufällig kamen fast alle zeitgleich beim Stadion an, sodass Julia ihren ursprünglichen Plan fallen ließ, in kleinen Gruppen mit ihnen zu reden. Stattdessen versammelte sie kurzerhand die komplette Mannschaft zwischen Anschnallraum und Haupttribüne.

Julia stellte sich vor und begann: „Wir haben Sie hierhergebeten, weil Ihr Torhüter Markus Jensen tot ist. So wie es sich uns bisher darstellt, war es Mord. Er wurde vermutlich heute im Lauf des Vormittags vom Täter überrascht, als er in Kabine 1 duschte."

Julia und Stefan behielten in der jetzt folgenden Pause alles möglichst genau im Auge, um zu beobachten, wie die Männer reagierten. Die meisten erschraken mehr oder weniger stark, drei Männer verhielten sich allerdings auffällig. Ein schwarzhaariger Mann mit Augen, dunkel wie Kohlenstücke, grinste und schüttelte den Kopf. Seine Wangenmuskeln arbeiteten, und Julia fragte sich, welch heftige Reaktion er wohl unterdrücken mochte. Laut loszulachen? Der zweite war blond, für einen Sportler relativ breit gewachsen. Er verzog keine Miene, aber irgendetwas blitzte in seinen blaugrauen Augen auf. War es Genugtuung? Definitiv keine Trauer, kein Bedauern. Aber auch die Reaktion des dritten Mannes war den beiden Beamten nicht entgangen. Wesentlich älter als die anderen, vermutlich der Trainer. Der hatte sofort, als er den Namen Markus Jensen hörte, ruckartig den Kopf gedreht und den Blonden sekundenlang angestarrt. Hatte er einen Verdacht, wusste er etwas über ihn? Julia und Stefan wechselten einen kurzen Blick. Gerade als Julia weiterreden wollte, meldete sich Martin Stanford zu Wort. Er hatte seine Tochter Marcella zu seiner Frau nach

Hause gebracht und war anschließend zurück ins Stadion gekommen.
„Hören Sie, Frau Lehmann“, warf er ein. „Wir hatten gestern Abend das letzte Training. Warum sollte Markus heute hier geduscht haben? Das macht doch überhaupt keinen Sinn.“
Zustimmung von allen Seiten. Julia zog erstaunt die Augenbrauen hoch. Das war ja interessant! „Hat jemand von Ihnen eine Erklärung dafür? Hat er vielleicht erwähnt, dass er heute hierher kommen wollte?“
Nein, davon wusste keiner etwas.
„Eventuell für eine zusätzliche Trainingseinheit?“, überlegte Julia weiter.
Trainer Alex schüttelte entschieden den Kopf. „Nein. Als Torwart hätte er schon jemanden fragen müssen, ob er mitmacht. Aber dazu war er nicht der Typ. Henry vielleicht, aber nicht Markus. Bei dem konnte ich froh sein, wenn er überhaupt halbwegs regelmäßig zum Training gekommen ist.“
Julia nickte nachdenklich. „Vielleicht hat jemand von Ihnen noch eine Idee, warum er hier gewesen ist. Wir würden uns jetzt gern einzeln mit jedem von Ihnen im Anschnallraum unterhalten. Und mit Ihnen“, sie zeigte auf den Schwarzhaarigen, „würde ich gern anfangen.“
Adrian Berger nickte leicht und war schon die wenigen Schritte hinüber zum Anschnallraum gegangen, ohne auf Julia und Stefan zu warten.
In diesem Moment fragte Andreas Schmitt, der Kapitän, leise: „Wie ist es denn überhaupt passiert? Dazu haben Sie noch gar nichts gesagt.“
Ruckartig blieb Adrian stehen. Julia seufzte. Sie spürte schon wieder, wie sich ihre Nackenhaare aufstellten.

„Markus Jensen lag in der Kabine. In seiner Schläfe steckte eine Schlittschuhkufe Marke T´blade."
Alle starrten sie verblüfft an, keiner sagte etwas. Schließlich drehte Julia sich um und lief in Richtung Anschnallraum. Sinnigerweise musste sie auf dem Weg dorthin stehen bleiben, um die Kollegen passieren zu lassen, die den Zinksarg mit dem toten Goalie zur Rechtsmedizin abtransportierten. Michel blieb bei der Mannschaft zurück, ebenso der Vorsitzende Walter Ortung. Sie alle starrten schweigend dem Sarg hinterher, bis sich schließlich Adrian Berger aus seiner Befangenheit löste, um Julia zu folgen. Auch Stefan setzte sich in Bewegung.

Wie zuvor schon Jan Keller wählte auch Adrian einen der Hocker in Fensternähe. Julia und Stefan waren nicht böse darum, denn von hier aus hatte man einen genauen Überblick, was den Eingangsbereich betraf. Auch die Mannschaft draußen stand wie auf dem Präsentierteller. Als Julia eine leichte Kopfbewegung machte, nickte Stefan sofort. Sie verstanden sich ohne viele Worte, und er behielt die Männer während des Verhörs im Auge.
„Also, Sie spielen in der ersten Mannschaft. Ihr Name ist ...?"
Julia spielte mit dem Blatt, das Walter Ortung ihr vorhin gegeben hatte. Die vollständige Namensliste der ersten Mannschaft. Sie fand Adrian Berger sofort, als er seinen Namen nannte – und damit auch sämtliche Daten von ihm, die für den Verein interessant waren: Adresse, Telefonnummer, Emailadresse, Geburtsdatum, Eintrittsdatum, Position, Beruf, Arbeitgeber ...

„Wie war Ihr Verhältnis zu Markus Jensen?“, fragte sie.
Adrian zog die Augenbrauen kurz hoch und überlegte einen Moment lang, bevor er antwortete.
„Nun ja. Wir spielten in einer Mannschaft. Da ist es wie überall. Mit einigen ist man gut befreundet, mit den meisten kommt man oberflächlich gut aus. Und irgendwer ist immer dabei, mit dem man nicht so kann.“ Berger machte einen nervösen Eindruck. Irgendwie hatte er einen gehetzten Blick in den tief in ihren Höhlen liegenden Augen.
„Und so einer war Markus Jensen?“, hakte Julia nach.
Adrian zuckte mit den Schultern. „Ich konnte mit seiner Lebenseinstellung nichts anfangen. Wir hatten außer dem Sport nichts gemeinsam, und auch der bedeutet für mich etwas anderes als für ihn.“
„Und zwar?“
Er lachte bitter. „Wissen Sie, ich spiele schon immer hier Eishockey. Vor der Pleite für den ESVB, dann für den EHC. Seit ich neun Jahre alt war. Eishockey bedeutet für mich Tigers. Und vollen Einsatz. Das ist mein Verein, und für den gebe ich mein Bestes. Markus ist im letzten Sommer hierher gezogen. Für ihn war es ein netter Zeitvertreib. Dummerweise war er so gut, dass er sich auch ohne Training gut etablieren konnte. Eigentlich sollte so jemand gar nicht spielen dürfen ...“
Sehr freundschaftlich klang das wirklich nicht. Julia fragte sich trotzdem, ob das allein für die heftige Reaktion reichte, die sie vorhin beobachtet hatte. „Warum haben Sie vorhin gegrinst und den Kopf geschüttelt, als ich sagte, Markus Jensen sei ermordet worden?“, wollte sie wissen.

Adrian machte eine verächtliche Handbewegung. „Vielleicht, weil alles, was er getan hat, ihn jetzt eingeholt hat?", knurrte er. *Vielleicht, weil er seine gerechte Strafe erhalten hat. Und weil alles ganz anders gekommen wäre, wenn ich ihn schon gleich zur Begrüßung umgebracht hätte – Mara zuliebe ...*, fügte er in Gedanken hinzu. Aber das sprach er nicht aus. Der Brief war ein Geheimnis zwischen Mara und ihm.
Julias Stimme riss ihn aus seinen Gedanken. „Was hat er denn getan?"
„Was er getan hat? Weiber abgeschleppt. Er hat sie nur benutzt, um sein Ego zu stärken. Ich will gar nicht wissen, wie viele Kopfkissen wegen ihm nassgeweint wurden. Vielleicht hat sich ja irgendein betrogener Kerl auf diese Art gerächt?"
„Wissen Sie denn, mit wem er aktuell zusammen war?"
„Markus war mit niemandem zusammen. Er hatte heute die und morgen jene. Vorgestern hat ihn eine vom Training abgeholt, als es so geschüttet hat. Patschnass war die, so eine Blonde. Aber ob die gestern noch aktuell war, ist nicht gesagt."
„Hatte sie einen Namen?"
„Mit Sicherheit, aber ich weiß ihn nicht. Fragen Sie mal die anderen, die waren alle zusammen am Abend zuvor auf dem Herzogkeller. Vielleicht hat er die Kleine ja dort getroffen?"
„Fällt Ihnen sonst noch ein Grund ein, warum jemand Jensen hätte töten wollen?"
Adrian überlegte. „Nein. Klar, in der Mannschaft gibt es schon ab und zu Streitigkeiten. Aber doch nichts Ernstes. Nichts, was einen Mord wert ist."

„Kennen Sie Freunde von Markus Jensen außerhalb des Vereins?"
Kopfschütteln.
„Er war wohl ab und zu mit einem Nachbarn auf Kneipentour. Aber sonst weiß ich nichts."
Resigniert verabschiedete Julia sich von Adrian. Als er nach draußen gegangen und die Tür hinter ihm zugefallen war, wandte sie sich an Stefan.
„Deine Meinung?", wollte sie wissen.
Stefan schaute ihm nachdenklich hinterher. „Der Typ verschweigt uns irgendetwas. Hinter seinem Grinsen von vorhin steckt mehr."
Julia folgte seinem Blick und fuhr dabei mit dem Finger eine Spirale auf dem Tisch nach, die irgendjemand mit einem Kugelschreiber hineingeritzt hatte.
„Ja, so sehe ich das auch. Vielleicht hat Jensen ihm die Freundin ausgespannt? Warum sollte Jan Keller der einzig Gehörnte hier sein?"
„Gut möglich. Wir sollten uns mal umhören, wer Bergers Freundin ist oder war. Und jetzt? Erst Blondie oder erst der Trainer?"
Julia zwinkerte ihm zu. „Erst der Trainer. Vielleicht erfahren wir von ihm was über Blondie, das uns bei seiner Befragung weiterhilft."
Stefan zwinkerte zurück und stand auf, um Trainer Alex hereinzuholen.

„Wer der Blonde dort ist?" Alex zeigte zur Mannschaft. „Das ist Henry Schwarz, unser zweiter Torwart. Nein – aktuell unser einziger Torwart", verbesserte er sich mit einem Seufzer und fuhr sich mit der Hand durchs Haar.

„Hat Henry Schwarz Ihrer Meinung nach etwas mit Jensens Tod zu tun?“
„Um Himmels willen – wie kommen Sie denn auf diese Idee?“, schreckte Alex hoch, eine Spur zu entrüstet.
Julia sah ihm, während sie antwortete, fest in die Augen, und ihr entging das leichte Flackern darin nicht.
„Sie haben sofort zu ihm rübergeschaut, nein, eigentlich haben Sie ihn angestarrt. Warum sollten Sie das tun, wenn Sie keinen Zusammenhang vermuten?“
Trainer Alex schwieg und schaute minutenlang hinaus zu Henry Schwarz, gedankenverloren und zusammengesunken. Julia und Stefan ließen ihm die Zeit, die er brauchte, aber es dauerte ziemlich lang. Gerade als Julia ernsthaft darüber nachdachte, sich zu räuspern, um ihn so in die Wirklichkeit zurückzuholen, begann er zu reden – so plötzlich, dass sie fast erschrak.
„Wir hatten gestern nach dem Training eine Auseinandersetzung, Henry und ich. Es ging um die Rangfolge der Torhüter. Ich wollte, dass er in dieser Saison als Nummer zwei spielt. Und er wollte, dass Markus keine Einsätze mehr bekommt.“
„Warum wollten Sie, dass Henry die Nummer zwei ist?“
Alex seufzte. „Markus war besser, ganz einfach.“
„Und warum sah Henry das anders?“
„Er wollte, dass Markus aus disziplinarischen Gründen nicht ins Tor darf. Wegen seiner Weibergeschichten. Meiner Meinung nach ist das allerdings seine Privatsache. Vermutlich war das Ganze eh vorgeschoben und Henry war schlicht und ergreifend eifersüchtig darauf, dass Markus eben einen Tick besser war als er. Noch dazu, weil Henry sich fürs Team wirklich den Arsch

aufgerissen hat und Markus einfach nichts tun musste, um gut zu sein."
„Hat er jemals einem der anderen Spieler die Freundin ausgespannt?"
Alex überlegte lange und gründlich. Schließlich schüttelte er den Kopf.
„Nicht, dass ich wüsste. Aber dem Knabentrainer ist die Frau auf und davon wegen Markus. Nur hat der nichts Festes mit ihr gewollt. Eben wie immer."
Julia nickte. „Meinen Sie, Henry wäre der Typ dazu, jemanden umzubringen?"
Alex runzelte die Stirn. „Er ist mit Sicherheit kein Unschuldslamm, er prügelt sich auch auf dem Eis gern mal. Aber Mord ..?"
„Und Jan Keller? Wie ist der damit klargekommen, dass seine Frau ihn verlassen hat?"
Der Trainer grinste. „Ach, wissen Sie – ich glaube, als er wieder nüchtern war und die Sache in Ruhe überdacht hatte, da war er ganz zufrieden damit, dass sie weg war. Zumindest hab ich das Gefühl, dass er recht gut allein zurechtkommt."
Alex wusste weder, wer sonst ein Motiv haben könnte, noch mit wem Markus zuletzt liiert gewesen war. Er konnte Julia eine Menge Geschichten über die Männer der Ersten erzählen: Wer wann mit wem Streit gehabt hatte und warum. Meistens war es nur Geplänkel, und im Endeffekt half es Julia und Stefan nicht wirklich weiter. Schließlich bedankten sie sich bei ihm, immerhin um etliche interessante Einblicke in das Tigers-Leben reicher, um die sie von vielen Fans sicher beneidet worden wären.

Auch das Gespräch mit Henry Schwarz war nicht besonders aufschlussreich. Er lachte sie schlichtweg aus, als sie ihn auf den Konkurrenzkampf der beiden Torhüter ansprachen.
„Glauben Sie wirklich, es hätte meine Probleme gelöst, wenn ich Markus umbringe und dafür in den Knast wandere? Dort gibt es keine Eisfläche, was will ich dort?“
Er schüttelte den Kopf und schlug mit der flachen Hand auf den Tisch. Julia zog die Augenbrauen hoch und stellte eine Gegenfrage: „Und wenn es im Affekt war?“
Henry Schwarz lachte wieder. „Dann hätte ich ja wohl Alex umgebracht, den Trainer – mit dem hab ich mich gezofft, nicht mit Markus. Nie mit Markus. Worüber auch? Vermutlich war er wirklich besser als ich. Aber es war nicht richtig, wie er gelebt hat. Und er hätte eine Diskussion darüber gar nicht kapiert. Verschwendete Zeit wäre das gewesen. Davon abgesehen: Woher hätte ich denn wissen sollen, dass Markus heute im Stadion war?“
„Vielleicht sind Sie selbst zum Training hergekommen und haben ihn zufällig getroffen?“, konterte Julia.
„Um ihn mit einer T´blade zu erschlagen? Ich bin Torhüter, ich habe keine T´blades. Außerdem geht es mir wie Markus – ich hätte einen zweiten Mann gebraucht, um zu trainieren.“
„Aber vielleicht lag das Teil in der Kabine und Sie haben es einfach gepackt und auf den verhassten Rivalen eingeschlagen?“ Julia ließ nicht locker, auch wenn der Torwart durchaus logisch dagegenhielt.
Henry Schwarz sah ihr fest in die Augen. Dann sagte er mit energischer Stimme: „Nein.“

Als Julia skeptisch die Stirn runzelte, schob er noch eine Erklärung nach: „Bei uns in der Kabine liegen keine T´blades rum. Letzte Saison, ja. Da wollte jeder die Dinger haben. Mittlerweile sehen Sie fast nur noch Schiedsrichter damit. Fragen Sie die Jungs, das kann Ihnen jeder einzelne bestätigen. War's das jetzt?"
Julia nickte kaum merklich, worauf Schwarz ruckartig aufstand und ohne ein weiteres Wort hinausging.

Kapitel sechs

Lisa Bayer holte zwei Kaffeetassen aus dem Küchenschrank und stellte sie auf den Tisch. Sie wartete noch einen Moment, während die Kaffeemaschine empört röchelte und einen letzten Dampfstoß in den Filter spuckte. Dann zog sie die Kanne weg und schenkte ein. Eine Tasse schob sie Hannes zu und fragte: „Willst du was rein?“

Die Frage sollte ihn verletzen, ihm zeigen, dass er nicht mehr Teil ihres Lebens war. Denn selbstverständlich wusste sie genau, dass er seinen Kaffee immer schwarz mit zwei Stück Zucker trank. Die Spitze kam an: Hannes ließ einen Moment lang die Kiefermuskeln spielen, als er seine bissige Antwort hinunterschluckte. Schließlich schüttelte er den Kopf. Er schüttete den Kaffee so heiß in sich hinein, dass sein Mund und die Speiseröhre schmerzten. Verärgert knallte er die Tasse auf die Tischplatte, schob sie in die Mitte und fragte: „Kann ich jetzt meine Sachen holen?“

Lisa nickte und folgte ihm, als er aufstand und ins Wohnzimmer ging. Es war nicht viel, was er hier hatte. Einige CDs, eine DVD, zwei Bücher. Er warf alles achtlos in den großen Karton, den er mitgebracht hatte. Dann ging er in Lisas Schlafzimmerchen, wo er ein Fach in ihrem Kleiderschrank hatte. Mit einer einzigen Handbewegung fegte er seine Klamotten in den Karton. Er schloss die Schranktür, drehte sich um und starrte sekundenlang auf die schwarzen Boxershorts, die auf dem Bett lagen und nicht ihm gehörten. Wieder arbeitete sein Unterkiefer. Irgendwann räusperte sich Lisa, die im Türrahmen stand und ihn beobachtete.

„Hannes, es ist wohl besser, wenn du jetzt gehst“, sagte sie leise.
Er sah zu ihr hinüber, suchte ihren Blick, aber sie vermied es, ihm in die Augen zu schauen.
„Okay“, flüsterte er heiser und hüstelte verlegen. „Nur noch die Sachen im Bad.“
Wortlos ging sie einen Schritt zur Seite, um ihn durchzulassen. Als er an ihr vorbei ins Bad ging, roch er ihr Parfüm – er hatte es ihr zum Geburtstag geschenkt. Aber es vermischte sich mit einem fremden Rasierwasser, und einen Augenblick lang glaubte er, noch mehr wahrzunehmen. Schweiß? Leidenschaft? Unwillig öffnete er den Spiegelschrank und holte sein Rasierzeug heraus.
Er sah sie nicht an, als er fragte: „Warum, Lisa? Was ist das für ein Kerl, wegen dem du mich von heute auf morgen abservierst?“
Lisa verdrehte genervt die Augen. Sollte das jetzt etwa eine Endlos-verlass-mich-nicht-Debatte werden? Bitte nicht! Am besten erstickte sie das gleich im Keim. In zickigem Ton fauchte sie: „Student, erfolgreicher Sportler, gutaussehend, charmant, witzig und einsame Spitze im Bett. Alles Attribute, denen du hinterherhechelst.“
Hannes erstarrte für einen Moment, schloss dann wie in Zeitlupe die Spiegeltür, holte tief Luft und drehte sich zu Lisa um. Die stand in der offenen Badezimmertür und funkelte ihn herausfordernd an. Doch als sie in sein Gesicht sah, erschrak sie. Vielleicht war sie zu weit gegangen, vielleicht hätte sie das nicht sagen sollen? Die Erinnerung an vorgestern, als er sie geschlagen hatte, kam urplötzlich in ihr hoch. Scheiße! Warum hatte sie ihn provoziert?

Hannes bemerkte sofort, dass Lisas Augen einen Moment lang unsicher flackerten. Also besaß er doch noch Macht über sie ... Triumph stieg in ihm hoch wie eine heiße Welle, und er genoss diese Macht. Mit einem Mal brannte der vorhin eingesteckte Wohnungsschlüssel regelrecht in der Tasche seiner Jeans. Ja, er hatte alle Fäden in der Hand, Lisa würde nach seiner Pfeife tanzen müssen ...

„Würdest du das bitte wiederholen?“, flüsterte er gefährlich leise.

Lisa zuckte zusammen und ging einen Schritt rückwärts in den Flur. Hannes folgte ihr, er lächelte ein unheimliches Lächeln. Noch einen Schritt zurück ... Lisa stolperte über den abgestellten Karton und strauchelte an der Wand entlang. In diesem Moment fiel Hannes über sie her und verpasste ihr eine schallende Ohrfeige.

„Siehst du, so charmant kann *ich* sein ...“, sagte er. Er wurde nicht laut, er flüsterte immer noch. Tränen schossen ihr in die Augen, sie schmeckte Blut im Mund. Ängstlich tastete sie nach dem Griff ihrer Wohnungstür. Sie musste hier raus - außer ihnen war um diese Uhrzeit kein Mensch im Haus. Und bis nach draußen würde sie keiner hören, egal wie laut sie schrie. Endlich spürte sie das kalte Metall zwischen ihren Fingern und drückte die Klinke nach unten. Aber nichts passierte – die Tür war abgeschlossen! Wieder fingerte sie, diesmal regelrecht panisch, suchte den Schlüssel, aber der steckte nicht.

Hannes grinste, er sah fröhlich aus, und das machten ihre Angst und ihr Entsetzen noch größer. „Und so witzig! Einfach abgesperrt und den Schlüssel abgezogen – ist das nicht ein lustiger Scherz? Und du hast es gar nicht bemerkt."

Eine Welle von Panik überrollte Lisa und zerquetschte ihren Magen.

„Und jetzt werde ich mal ein wenig sportlich sein", knurrte er und begann auf sie einzuschlagen.

Lisa versuchte ihn abzuwehren, hatte seinen Hieben jedoch nicht viel entgegenzusetzen. Während sie weinend und wimmernd zu Boden sackte, packte er sie an den Haaren und zog ihren Kopf hoch, um ihr ins Gesicht zu sehen. Interessiert betrachtete er die Spuren, die seine Hände dort hinterlassen hatten. Mit dem rechten Zeigefinger zeichnete er spielerisch den dünnen Blutfaden nach, der aus ihrem Mundwinkel zum Kinn und dann den Hals herunterlief. Er grinste immer noch, als er flüsterte: „Sag: Liebster Hannes, ich liebe nur dich!"

Lisa schüttelte den Kopf. „Den Teufel werd ich tun!", schluchzte sie. Dafür bekam sie noch eine Ohrfeige.

„Also Lisa", sagte Hannes, und seine Stimme klang väterlich-vorwurfsvoll. Zwischen zwei Schmerzexplosionen fuhr Lisa die Frage durch den Kopf, ob er jetzt durchgedreht war.

„Also, Lisa! Lisa, Lisa – was soll ich nur machen? Ich war charmant, witzig und sportlich. Sag: Liebster Hannes, ich liebe nur dich! Sag es!!!"

Keine Antwort. Er seufzte gespielt.

„Tja, mein Aussehen kann ich ja leider nicht ändern. Aber deines. Damit du besser zu mir passt ... Los, komm mit!"

Er packte Lisa an Schultern und Haaren, zerrte sie hoch und zog sie in die Küche. Dort riss er eine Schublade auf, holte eine große Schere heraus und verpasste

Lisa einen Faustschlag ins Gesicht. Sie merkte, dass sie kurz davor war, ohnmächtig zu werden und kämpfte mit aller Gewalt dagegen an. Aber als der nächste Schlag sie traf, rauschte ihr das Blut in den Ohren, die Küche wurde immer dunkler und kleiner, sie sah nur noch das Gesicht von Hannes, sein Grinsen und schließlich ... gar nichts mehr.
Er schaute einen Moment lang versonnen auf die bewusstlose Lisa, dann begann er zu pfeifen und packte eine dicke Strähne ihrer langen blonden Haare, die jetzt wirr und verfilzt an ihrem Kopf hingen. Mit einer energischen Bewegung schnitt er sie ab und langte nach der nächsten.

Als Lisa wieder zu sich kam, lag sie im Schlafzimmer auf ihrem Bett. Hannes stand in der Türöffnung, lange blonde Haare in der Hand. Als er bemerkte, dass Lisa ihn anstarrte, hob er die Hand ans Gesicht, schnupperte genüsslich an den Strähnen und warf sie schließlich mit einer schwungvollen, verächtlichen Bewegung in den Karton mit seinen Sachen, der neben ihm stand. Lisa brauchte einige Sekunden, um zu realisieren, dass es ihre Haare waren. Dann schrie sie auf.
Hannes schüttelte den Kopf. „Also Lisa! Bitte beherrsche dich! Ich weiß, du bist sehr beeindruckt. Du hast dich nämlich so in mir getäuscht. Dabei war ich jetzt charmant, witzig, sportlich. Vom Aussehen her passen wir zwei jetzt ja wohl auch besser zusammen. Was hat gleich noch gefehlt?“
Er tat, als müsste er überlegen, während sich Lisas Panik ins Unermessliche steigerte. Sie drehte den Kopf zur Seite, würgte und übergab sich auf den Bettvorle-

ger. Hannes musterte sie interessiert und lächelte spöttisch.
„Mein armes Mädchen! Geht´s dir etwa nicht gut? Das wird gleich wieder werden. Mir ist nämlich der letzte Punkt wieder eingefallen: einsame Spitze im Bett ...“

Irgendwann ließ er von ihr ab, zog sich pfeifend an, klemmte den Karton unter den Arm und ging in den Flur, ohne sie noch eines Blickes zu würdigen. Der Schlüssel klickte im Schloss, die Tür fiel hinter ihm zu. Lisa hörte das alles und doch wieder nicht. Sie lag auf ihrem Bett, das zerfetzte T-Shirt und den Jeansmini irgendwo neben sich und zitterte vor Entsetzen, Schmerz, Kälte und Scham. Nach endlos langer Zeit zog sie die Bettdecke über ihren zerschundenen Körper und rollte sich schluchzend darunter zusammen. Schließlich verfiel sie in einen unruhigen Dämmerschlaf, aus dem sie erst nach mehreren Stunden erwachte. Sofort stiegen Angst und Panik erneut in Lisa hoch. Was, wenn Hannes zurückkam? Vielleicht hatte er den Schlüssel mitgenommen? Sie zwang sich aufzustehen und schlurfte hinaus in den kleinen Flur. Erleichtert atmete sie auf, der Schlüssel steckte von innen an ihrer Wohnungstür. Immer noch vorsichtig und misstrauisch schaute sie ins Bad – dort war niemand. Auch Küche und Wohnzimmer waren menschenleer. Lisa begann zu weinen, schloss die Wohnungstür sorgfältig ab und legte die Kette vor. Dann stellte sie sich unter die Dusche und drehte das Wasser so heiß, dass es kaum noch auszuhalten war. Als sie spürte, dass sie eine Gänsehaut bekam, stellte sie das Wasser einen Tick kälter. Sie duschte etwa eine halbe Stunde lang, seifte sich mehrmals gründlich ein und wickelte sich schließlich in ihren dicken, weichen Bademantel, den sie wenig später gegen Jeans und Sweatshirt eintauschte. Nach wie vor kam sie sich weder sauber noch sicher vor, aber sie hatte das Gefühl, wenn die Äußerlichkeiten ins Lot kämen, könnte sie das alles vielleicht eher aushalten. Sie bürstete die kläglichen Reste ihrer Haare und schlang ein buntes Tuch um ihren Kopf. Eine kurze blonde Strähne fiel ihr trotzdem ständig in die Stirn. Unwillig steckte Lisa sie zum xten Mal unter das Tuch und begann, sich gewissenhaft zu schminken. Es gelang ihr nicht wirklich, die Spuren von Hannes' Wutausbruch zu vertuschen, aber sie redete es sich ein. Schließlich rief sie ihre Freundin Mirjam an und bat sie, Taxi zu spielen.

Als Mirjam eine Viertelstunde später bei Lisa klingelte, hatte die ihren Bettvorleger bereits in einen großen Müllsack gepackt und sorgfältig verschnürt. Sie schaute durch den Türspion, sah nur Mirjam und fragte trotzdem nach: „Mi, bist du allein?"
Mirjam rollte die Augen. „Klar bin ich allein, wer sollte denn dabei sein?"
„Vielleicht Hannes ..."
„Nein, den hab ich schon seit letztem Wochenende nicht mehr gesehen. Lässt du mich jetzt rein oder nicht?"
Langsam löste Lisa die Türkette und drehte den Schlüssel. Ihre Hände zitterten leicht, und als sie es bemerkte, biss sie sich fest auf die Unterlippe. Zögernd trat sie durch die offene Tür ins Treppenhaus, den Schlüsselbund in der einen, den Müllsack in der anderen Hand.

„Los, komm! Ich will gleich hier weg“, stieß sie hervor.
Mirjam stutzte, starrte in Lisas Gesicht und rief entsetzt: „Um Himmels willen! Was hast du denn angestellt?“
Anstatt zu antworten, winkte Lisa nur ab, zog ihre Wohnungstür zu, schloss sorgfältig ab und lief dann hinunter zur Haustür. Mirjam eilte ihr hinterher und fragte nochmals: „Lisa, was ist mit dir passiert?“
Lisa schaute sich gehetzt nach allen Seiten um, aber von Hannes war nichts zu sehen. Aufatmend stopfte sie den Müllsack in die Mülltonne und ging zu Mirjams Corsa. Erst als beide saßen, antwortete sie.
„Man sieht es trotz Schminke, oder?“
Mirjam nickte, sie war immer noch fassungslos.
„Ich hab Hannes verärgert ...“, seufzte Lisa.
Mirjams Augen weiteten sich, dann ließ sie mit einer entschlossenen Bewegung den Motor an.
„Ich fahr dich zur Polizei!“, erklärte sie und fuhr los.
„Nein!“, rief Lisa ebenso energisch. „Du fährst mich zu dir und Ende.“
Mirjam bremste und fuhr rechts ran. „Aber warum das denn, Lisa? Willst du, dass Hannes ungestraft davonkommt?“
Lisa schaute auf ihre Hände, die sie fest auf die Oberschenkel drückte, um sich zu beruhigen. „Ich bin ja selbst schuld, ich hab ihn total blöd angemacht“, flüsterte sie schließlich.
Mirjam stutzte wieder. Erst jetzt fiel ihr das Tuch auf Lisas Kopf auf. Mit einem Ruck zog sie es herunter – und schrie erschrocken auf. „Lisa, um Gottes willen! Egal was du gesagt hast, das gibt ihm doch nicht das Recht, so etwas zu tun und so zuzuschlagen! Und

wenn er dich schon so zugerichtet hat – was glaubst du wohl, was der mit deinem Eishockeytorwart macht, wenn er ihn irgendwie zwischen die Finger bekommt?"
Ohne es zu ahnen, hatte Mirjam instinktiv das einzige Argument gefunden, das Lisa aus ihrer Opferhaltung herausriss. Lisa straffte sich, überlegte kurz und sagte dann mit fester Stimme:
„Okay. Ich zeige ihn an. Aber zuerst rufe ich Markus an, um ihn zu warnen."
Lisa probierte es mehrmals, aber Markus ging nicht an sein Handy. Schließlich gab sie genervt auf.
„Er geht nicht ran – wir müssen hinfahren und ihm Bescheid sagen. Er wohnt im Bodenseering."
Mirjam nickte und gab Gas. Während der ganzen Fahrt fragte sie sich, was Lisa falsches gesagt und vor allem, was Hannes mit ihr angestellt hatte. Aber sie wagte nicht, diese Fragen laut auszusprechen.

Im Bodenseering angekommen sah Lisa sich suchend um. „Sein Golf steht nicht da", stellte sie fest. „Ich klingle trotzdem mal."
Niemand hörte. Schließlich stieg sie wieder ein.
„Vielleicht ist er schon im Eisstadion?", überlegte sie. „Wie spät ist es? Halb sechs? Ich glaube, das Training geht um sieben los. Wenn wir jetzt hinfahren, müssen wir ihn ja irgendwann dort treffen."
Mirjam zog die Augenbrauen hoch. „Lisa – wie wäre es, wenn ich dich jetzt sofort zur Polizei fahre und dann suche ich Markus?"
Lisa schüttelte den Kopf. „Nein, das ist meine Sache. Ich hab ihn da mit reingezogen, ich werde ihn warnen. Und ich glaube nicht, dass meine Haare in einer Stun-

de nachwachsen. Also kann ich auch noch hinterher zur Polizei und denen das zeigen.“
Mirjam seufzte. Sie war überzeugt davon, dass ihre Freundin unter Schock stand, anders konnte sie sich ihr Verhalten nicht erklären. Andererseits kannte sie Lisa gut genug. Es würde keinen Sinn haben, sie überreden zu wollen. Also nickte sie kurz und fuhr los.

Sie stellte den Corsa im Parkhaus Albrecht-Dürer-Straße ab und tat dabei etwas, was sie sonst nie gemacht hätte: Sie suchte eine hell erleuchtete Parkbucht mit dem Schild: *„Nur für Frauen“*.
Lächerlich! Am helllichten Tag ..., zumindest unter normalen Umständen.
Sie achtete sorgfältig darauf, dass der Corsa verschlossen war, hakte sich bei Lisa unter und schlug mit ihr den Fußweg zum Eisstadion ein. Gerade als sie zum Kassenhäuschen kamen, bog Martin Stanford um die Ecke. Er stutzte kurz, dann sprach er Lisa und Mirjam an.
„Hallo, ihr seid doch die Mädchen vom Herzogkeller, oder? Und du warst vorgestern hier, als es so arg geregnet hat.“
Lisa nickte und zupfte nervös an ihrem Tuch herum. „Ist Markus hier?“, fragte sie leise.
Stanford starrte sie an. Lisa wurde aus seinem Blick nicht schlau. Sein Gesichtsausdruck verriet nichts, keine Regung. *Wie ein Pokerspieler*, dachte Lisa.
Schließlich winkte er ihnen, ihm zu folgen. „Kommt mit ins Stadion“, brummte er und ging voraus. Lisa und Mirjam schauten sich irritiert an und liefen ihm schließlich hinterher.

Martin Stanford öffnete ohne anzuklopfen die Tür zum Anschnallraum. Julia und Stefan werteten gerade alle Gespräche aus, die sie an diesem Nachmittag geführt hatten. Vor zehn Minuten war die Befragung des letzten Spielers beendet gewesen. Die Erste hatte sich mittlerweile fast komplett zerstreut. Keine Frage – das Abendtraining fiel heute aus.

Die beiden Beamten schreckten hoch, als die Tür aufging und Martin Stanford hereinrief: „Frau Lehmann, ich bringe Ihnen jemanden. Hier ist das Mädchen, mit dem Markus aktuell zusammen war."
Er hielt den beiden die Tür auf, und sie betraten zögernd den Anschnallraum. Lisa war einfach nur verwirrt, aber Mirjam hatte genau hingehört und starrte den Spieler entsetzt an. Wieso *zusammen war*? Wieso Vergangenheit? Er erwiderte ihren Blick, und im Gegensatz zu vorhin hatte er sein Pokerface abgelegt. Sie las in seinen Augen, dass dieses *war* nicht nur die Beziehung zwischen Markus und Lisa, sondern auch Markus selbst beinhaltete. Eine lautlose Träne sammelte sich in ihrem Augenwinkel und rollte über ihre rechte Wange. Martin Stanford beugte sich eine Winzigkeit nach vorne, wischte sie mit zwei Fingern behutsam ab und drehte sich dann schnell weg. „Auf Wiedersehen!", rief er im Gehen über die Schulter. Diese Worte lösten Mirjams Erstarrung, und sie folgte Lisa, die schon hineingegangen war.
„Ich ..., ich suche eigentlich Markus Jensen ...", stammelte Lisa verwirrt. Julia stand auf und kam einige Schritte auf sie zu. Sie arbeitete schon lange genug im K1, wo auch wegen anderer Gewaltdelikte außer Mord ermittelt wurde. Mit einem einzigen Blick hatte sie die

Lage erfasst. Hier stand ein weiteres Opfer. Die Frage war nur, ob es demselben Täter begegnet war.
Sie lächelte der geschundenen Frau aufmunternd zu und stellte sich vor. Vorsichtig berührte sie Lisa dabei am Arm und führte sie zu einem der Hocker. Stefan bedeutete Mirjam, sich ebenfalls zu setzen. Sie kam mit eckigen Bewegungen, wie eine Marionette, näher und setzte sich auf den Hocker neben Lisa. Sie legte den Arm um deren Schultern und wusste dabei nicht, ob diese Geste Lisa oder ihr selbst Halt geben sollte. Sie weinte noch immer, lautlos, mit versteinertem Gesicht. Doch Lisa bemerkte nichts davon ...
Schließlich fragte Lisa: „Warum sind Sie hier? Ich wollte doch erst zu Markus, bevor ich zur Polizei ..."
Sie brach ab, völlig verunsichert und verwirrt. Julia wechselte einen kurzen Blick mit Stefan, der ihr aufmunternd zunickte.
„Wollen Sie mir nicht zuerst einmal Ihren Namen verraten? Damit ich weiß, wie ich Sie anreden soll", fragte Julia freundlich.
Lisa errötete ein wenig. „Entschuldigung – Lisa, Lisa Bayer."
Julia lächelte. „Danke, Frau Bayer. Wissen Sie, wir sind nicht wegen Ihnen hier, sondern wegen Markus."
Lisa fuhr hoch. „Markus hat damit nichts zu tun, er war das nicht!"
Julia nickte. „Ich weiß. Markus Jensen ist tot."
Ungläubig starrte Lisa sie an. „Sie lügen! Er kann nicht tot sein! Ich war doch heute früh noch bei ihm! Ich wollte ihn doch warnen ..."
Jetzt war es um die Fassung geschehen, die sie die ganze Zeit über bewahrt hatte. Sie begann, haltlos zu schluchzen. Über Lisas gesenkten Kopf hinweg suchte

Mirjam Julias Blick und fragte leise: „Wurde er umgebracht?"
Julia nickte schweigend.
„Dann können wir Ihnen sagen, wer der Mörder ist."
Während Mirjam Lisa fest umarmte und ein wenig zu sich heranzog, schauten sich Julia und Stefan erwartungsvoll an. Das wäre ja schnell gegangen, wenn es wirklich stimmen sollte!
Schließlich wandte Julia sich wieder Mirjam zu.
„Und der wäre?", fragte sie gespannt.
„Hannes Wienert. Wohnt im Grünen Baum. Lisa hat wegen Markus mit ihm Schluss gemacht, vorgestern. Er hat sie heute so zugerichtet."
Julia holte tief Luft. „Wie wäre es, wenn wir ganz von vorne anfangen? Und hinterher mit Lisa ins Klinikum fahren? Wie heißen Sie denn, und was haben Sie mit allem zu tun?"
Mirjam putzte sich die Nase und begann: „Ich bin Mirjam Böhner, eine Freundin von Lisa. Ihre beste Freundin. Seit der Schulzeit. Wir studieren beide hier in Bayreuth Jura. Sie hat Hannes vor einem halben Jahr kennengelernt, und seit fünf Monaten waren die beiden zusammen. Vor drei oder vier Tagen waren wir auf dem Herzogkeller, wissen Sie, am letzten warmen Abend. Wir haben einen Weiberabend gemacht. Die Eishockeymannschaft war auch dort. Markus und Lisa haben ein wenig geflirtet und sind dann gemeinsam weggegangen. Am nächsten Tag hat sie mit Hannes Schluss gemacht. Und heute am späten Nachmittag hat sie bei mir angerufen. Ich sollte sie fahren. Zuerst wollten wir Markus warnen. Wir hatten Angst, dass Hannes ihn ausfindig macht und auf ihn ebenfalls losgeht. Und hinterher wollte ich Lisa zur Polizei bringen ..."

Julia machte sich eifrig Notizen. „Ist das schon öfter passiert, dass dieser Wienert handgreiflich wurde?“
Mirjam schüttelte den Kopf. „Nicht, dass ich wüsste.“
In diesem Moment mischte sich Lisa ein und Julia bemerkte überrascht, dass sie das Gespräch offenbar sehr wohl mitbekommen hatte.
„Doch. Vorgestern hat er mich geschlagen. Als ich ihm sagte, ich hätte mich in einen anderen verliebt. Da hat er mich geohrfeigt. Ich bin dann weggelaufen, zu Markus, hierher.“
Julia sah sie nachdenklich an. „Und heute?“
Lisa schluckte und schniefte, worauf Mirjam ihr ein Tempo hinhielt. Als sie sich ausgiebig die Nase geputzt hatte, begann sie zu erzählen. Und Mirjam, die sie immer noch im Arm hielt, spürte, wie sie zitterte. Sie bekam jetzt selbst eine Gänsehaut, als Lisa detailliert und schonungslos alles erzählte, wonach Mirjam vorhin nicht zu fragen gewagt hatte ...

Als sie fertig war, machte sich fassungslose Stille breit. Das Klicken beim Abschalten des Aufnahmegerätes war das einzige Geräusch im Anschnallraum, abgesehen von den Atemzügen der vier Personen. Es dauerte fast zwei Minuten, bis Julia schließlich das Wort ergriff.
„Okay“ – sie musste sich räuspern, weil ihre Stimme jämmerlich quiekend klang – „Lisa: Mirjam und ich fahren jetzt mit Ihnen ins Klinikum, damit Sie untersucht und verarztet werden. Das muss leider sein, damit wir diesen Hannes Wienert festnageln können. Stefan, du besorgst einen Haftbefehl gegen ihn wegen Vergewaltigung, Körperverletzung und dringendem

Mordverdacht. Und dann versucht ihr ihn zu finden. Ich komme später ins Büro. Alles klar?“
Stefan nickte und stand auf. Schon im Weggehen zückte er sein Handy und rief Lindner an, die Urlaubsvertretung von Staatsanwalt Strasser. Strasser! Dieses Mal würde er nichts auszusetzen haben, wenn er aus dem Urlaub zurückkam. Die Erinnerung an die verprügelte Lisa mit den kurz geschorenen Haaren, die aussahen, als hätten Ratten daran gefressen, wischte jedoch das zufriedene Grinsen sofort wieder von Stefans Gesicht.

Kapitel sieben

Julia und Mirjam verließen das Klinikum durch den Haupteingang und atmeten tief die kühle Nachtluft ein.
„Soll ich Sie zum Revier fahren?", fragte Mirjam.
Julia lächelte sie dankbar an. „Das wäre nett von Ihnen."
Mirjam nickte. „Mach ich doch gern. Aber – würde es Ihnen etwas ausmachen, noch ein paar Minuten hier draußen zu stehen? Ich glaube, ich muss das alles erst mal ein wenig auf die Reihe kriegen, bevor ich nach Hause fahre." Mirjam schaute verlegen auf den Schlüsselbund, den sie in der rechten Hand hielt.
„Haben Sie Angst vor Hannes?", hakte Julia nach.
Mirjam schüttelte den Kopf. „Nein. Ich glaube nicht, dass er mir auflauern würde. Wir hatten nicht viel miteinander zu tun. Entweder war Lisa mit ihm unterwegs oder mit mir. Aber ich finde das alles so schrecklich, was Lisa erzählt hat. Und wie sie es erzählt hat ..." Sie seufzte leise bei der Erinnerung daran.
Julia legte ihr die Hand auf den Arm. „Sie stand unter Schock. Das ist völlig normal und auch gut so. Wenn man so etwas mitmachen müsste und dabei ganz normal empfinden, dann würde man vermutlich wahnsinnig werden. Es wird einige Tage dauern, bis Lisa alles realisiert. Aber dann hat sie schon etwas Abstand zu den Ereignissen und kann sie verarbeiten."
Mirjam suchte Julias Blick, als sie fragte: „Wird sie das alles irgendwann vergessen können?"
„Vergessen wohl nicht. Aber hoffentlich verarbeiten. So verarbeiten, dass sie damit leben kann. So Gott will ..."
Mirjam lachte auf, es war ein schmerzliches Lachen. Sie zeigte hinauf in den Sternenhimmel.

„Glauben Sie wirklich, dort oben ist Gott? Warum schaut er sich dann so etwas an und tut nichts?“ Wieder glitzerten Tränen in Mirjams Augenwinkeln.
Julia antwortete zuerst nicht, sie überlegte lange. Dann endlich meinte sie: „Nein, ich bin kein besonders gläubiger Mensch. Vielleicht kann man das in meinem Beruf gar nicht sein. Ich werde mit so viel Gewalt, Hass und Verzweiflung konfrontiert, doch von Gott habe ich noch nicht viel bemerkt. Vielleicht kann er allein aber auch gar nichts gegen all das hier machen, solange wir ihn aus unserem Leben verbannen. Hätte Hannes Wienert ihn irgendwann einmal in sein Leben, in sein Herz gelassen, wäre dieser Tag heute vielleicht ganz anders verlaufen. Aber gibt es überhaupt einen Gott? Ich weiß es nicht.“
Sie waren einige Schritte nach rechts gegangen und standen jetzt vor dem Maschendrahtzaun, der den Hubschrauberlandeplatz umgab. Der gelbe Rettungshubschrauber hockte reglos dort, wie eine riesige steifgefrorene Hummel. Julia deutete hinüber. „Sind Sie schon mal mit dem mitgeflogen?“
Mirjam verneinte.
„Ich schon. Er hat eine große Panoramakanzel, der Blick hinunter ist einfach umwerfend. Nur schade, dass bei so einem Einsatz meistens niemand dabei ist, der das genießen kann …“
Sie liefen zu Mirjams Auto, dessen Scheiben beschlagen waren. Über der Wiese an der anderen Straßenseite lag ein leichter Nebelhauch, dennoch zirpten einige Grillen unbeirrt dem Sommer hinterher. Mirjam fuhr mit dem Unterarm über die Scheiben. Dass der Ärmel ihrer Jeansjacke dabei nass wurde, schien ihr nichts

auszumachen. Sie stiegen ein und fuhren schweigend zum K1.

Erst als Mirjam dort parkte, meinte Julia: „Lisa wird eine Freundin jetzt mehr brauchen als je zuvor. Ich wünsche Ihnen die nötige Stärke für die nächste Zeit."
Mirjam versuchte ein zerknirschtes Lächeln. „Wird schon werden ... Ich komme morgen Nachmittag und mache meine Aussage, wie ausgemacht. Gute Nacht!"

Im K1 gab es nicht mehr viel zu tun, was Julia nicht auch genauso gut am nächsten Tag hätte erledigen können. Stefan hatte den Haftbefehl für Wienert bekommen, ihn aber weder zuhause noch an seinem Arbeitsplatz angetroffen. Die Fahndung lief. Müde und resigniert verabschiedete Julia sich und fuhr zu ihrer Wohnung.

Als sie im südlichen Ringweg geparkt und gerade ihr Auto abgeschlossen hatte, kam ihr dicker schwarzweißer Kater Leo begeistert angerannt, um sie zu begrüßen. Wieder einmal fragte sie sich, bei wie vielen Nachbarn der ewig hungrige Kerl sich wohl durchfraß.
„Leo, mein Braver! Du hast doch seit heute früh schon wieder zugenommen, oder? Wie kann man nur so verfressen sein?"
Leo strich schnurrend um ihre Beine, stellte sich auf die Hinterpfoten hoch und gab Köpfchen, um sich kraulen zu lassen. Dabei brachte er Julia fast zum Stolpern, bevor er schließlich energisch maunzend zur Haustür vorauslief.

„Ja, ja. Ich komme ja schon. So gut wie du möchte ich´s auch mal haben. Essen und schlafen, und um nichts kümmern müssen."
Energisch packte sie die tote Maus, die auf dem Fußabstreifer lag, mit zwei Fingern am Schwanz.
„Danke für das Geschenk, Leo. Aber ich hab vorhin schon einen Döner gegessen. Und eine Leiche hatte ich heute auch schon ..."
Mit diesen Worten klappte der Deckel der Mülltonne über dem Tierchen zu. Dann ging Julia in ihre Wohnung, wusch sich die Hände und öffnete eine Dose Katzenfutter. Während Leo gierig sein Abendessen verschlang, schenkte sich Julia ein Glas Rosé ein, schlenkerte ihre Schuhe quer über den Flur neben den Schuhschrank und ging ins Wohnzimmer. Sie stand einen Moment lang vor dem CD-Regal und ließ die Finger suchend über die Hüllen gleiten, bevor sie Abdullah Ibrahim auflegte und sich in ihren Schaukelstuhl kuschelte. Es dauerte nicht lange, bis Leo schnurrend auf Julias Schoß sprang. Während sie ihn gedankenverloren streichelte und den Jazzklängen lauschte, ließ sie den Tag gedanklich noch einmal an sich vorüberziehen. Erstaunlich, dass sie den Täter so schnell ausfindig gemacht hatten. Meistens dauerte so etwas viel länger und war mit endlosen Ermittlungsarbeiten verbunden. Und wie musste sich Lisa fühlen? Es war deutlich zu spüren gewesen, dass sie sich die Schuld am Tod von Markus Jensen gab. Wie auch immer – Julia war erleichtert, dass der Knabentrainer Jan Keller offensichtlich wirklich nichts mit dem Mord zu tun hatte. Sie trank einen kleinen Schluck Wein und ließ ihre Gedanken zu dem hochgewachsenen Mann abschweifen. Sie konnte es nicht in Worte fassen, aber

irgendetwas hatte er an sich ... Tja, aber jetzt würde es leider nichts mehr werden mit einer zweiten Befragung. Und nachdem sie mit Eishockey rein gar nichts am Hut hatte, würde sie ihn wohl voraussichtlich auch nicht mehr treffen.
„Schade, Leo!“, seufzte sie. Sie hätte jetzt gern Saxophon gespielt, das half ihr immer, zur Ruhe zu kommen. Mitten in der Nacht war daran aber natürlich nicht zu denken. Stattdessen schenkte sie ihr Glas nochmals voll. Doch weder der Wein noch die Musik konnten verhindern, dass ihre Gedanken zu Jans Knabenmannschaft abschweiften. Für die Kinder war es ein wahnsinniger Schock gewesen, die Leiche von Jensen zu finden. In jedem einzelnen Gespräch hatten Fassungslosigkeit, Angst und Entsetzen mitgeschwungen. Es tat Julia so leid, das immer wieder zu spüren und trotzdem nicht helfen zu können. Zu gern hätte sie die Kinder getröstet, wenn sie nur gewusst hätte, wie man so etwas anstellte. Es war das erste Mal gewesen, dass sie mit so vielen Kindern zu tun gehabt hatte, die alle im gleichen Alter waren wie ... Sie versuchte krampfhaft, an etwas anderes zu denken, aber es gelang ihr nicht. Wie würde ihr Sohn wohl aussehen, wenn damals alles so geklappt hätte wie erhofft? Wäre er ein Fußballer oder gar beim Eishockey wie diese Jungs? Hätte er Bernds Eigenheiten geerbt, sportlich und unternehmungslustig? Oder wäre er wie Julia geworden, musikverbunden und eher zurückgezogen? Oder vielleicht eine Mischung aus beidem? Mit Bernds grauen Augen und Julias dunklen Locken? Es tat weh, sich das alles auszumalen, und genau das war der Grund dafür, warum sie jahrelang jeden Gedanken daran verdrängt hatte. Sie hätte sich das Glas kein

zweites Mal vollgießen dürfen. Der Rosé ließ ihre Gedanken wie kleine Mäuse hin und her huschen, und jeder einzelne Trippelschritt schmerzte in ihrem Herzen. Julia verspürte plötzlich das Bedürfnis, sich noch ein drittes Glas zu holen, in der Hoffnung, damit all das zu betäuben und wegzuspülen, was unerwartet an die Oberfläche gekrochen war. Ihre Vernunft behielt jedoch die Oberhand, und so schaltete Julia die Stereoanlage aus und ließ den schnurrenden Leo allein im Schaukelstuhl zurück, während sie mit schweren Schritten in ihr Schlafzimmer hinaufstieg ...

Als Julia am nächsten Morgen ins Büro kam, saß Stefan schon an seinem Schreibtisch.
„Seit wann bist du denn schon hier?“, fragte Julia. Sie fühlte sich unausgeschlafen und zerschlagen, wogegen Stefan vor Energie nur so sprühte.
„Bin auch vorhin erst reingekommen. Aber ich hab schon gute Neuigkeiten: Hannes Wienert wartet schon auf uns. Die Kollegen haben ihn vor zwei Stunden festgenommen, als er vor der Wohnung von Lisa Bayer auftauchte. Ich bin ja mal gespannt, was er uns zu sagen hat!“
Julia war schlagartig genauso putzmunter wie ihr Kollege. Interessiert blätterte sie in der Akte, die auf ihrem Schreibtisch lag. Die Kollegen, die noch am Abend zuvor Lisas Wohnung gründlich nach Spuren durchsucht hatten, waren bereits mit einem ersten Bericht fertig. Am interessantesten fand Julia Lisas Armbanduhr, die im Mülleimer gelegen hatte. Interessant deshalb, weil das Glas zerbrochen und die Zeiger stehen geblieben waren. Um 11:13 Uhr. Julia winkte Stefan herüber. „Sieh dir das mal an! Gut möglich, dass die

Uhr kaputt gegangen ist, als Wienert auf Lisa eingedroschen hat. Das würde den Tatzeitpunkt eingrenzen. Na, ich bin gespannt, was Wienert uns erzählt. Und was genau die Rechtsmedizin bei Jensen herausfindet."
Das, was Hannes Wienert erzählte, deckte sich ziemlich genau mit Lisas Aussage. Kaum hatten Julia und Stefan sich vorgestellt, schlug er die Hände vors Gesicht und begann in jammerndem Ton sich zu entschuldigen: „Glauben Sie mir – ich wollte das alles nicht! Ich wollte Lisa doch nicht wehtun – ich liebe sie. Sie müssen mich zu ihr lassen, damit ich es ihr erklären kann! Meine Lisa ... Warum hat sie das getan? Hat sich von diesem Scheißkerl rumkriegen lassen. Dabei gehört sie doch zu mir ..."
Er schluchzte laut auf, schüttelte den Kopf und ließ ihn dramatisch auf seine verschränkten Arme fallen – ein jammerndes Häufchen Elend. Julia und Stefan wechselten wieder nur einen kurzen Blick und waren sich auch diesmal ohne Worte einig: ein schlechter Schauspieler. Stefan stupste Wienert leicht am Ellbogen an.
„Herr Wienert, bitte schildern Sie uns doch mal Ihre Sicht der Dinge."
Wienert schreckte hoch und starrte Stefan an. „Nett, dass sich jemand für meine Sicht überhaupt interessiert. Das hätte ich mir von Lisa auch gewünscht. Von diesem Arsch Jensen hab ich das ja gar nicht erwartet. Was kann das schon für ein Typ sein, der ein Mädchen anquatscht und gleich ins Bett zerrt?"
Julia seufzte. „Herr Wienert, Ihre Moralvorstellungen in allen Ehren. Uns würde aktuell jedoch mehr interessieren, was Sie mit den beiden gemacht haben."
Wienert fuhr sich wieder mit beiden Händen über die Augen, bevor er antwortete. „Sie hat mir von diesem

Kerl erzählt. Dass sie abends unterwegs war, mit ihm geflirtet hat. Und, dass er sie abgeschleppt hat. Und sie hat sich eingebildet, das wäre Liebe! Als sie mir davon erzählt hat, da hab ich ihr eine gescheuert, damit ihr Verstand wieder einschaltet. Hat aber nichts genützt: Sie ist auf und davon, in dem starken Regen neulich. Ich hab sie gesucht, ich wollte mich entschuldigen. Aber ich konnte sie nirgends finden. Also bin ich zu ihrer Wohnung gefahren. Dort war sie auch nicht. Ich hab auf sie gewartet, wollte ihr sagen, wie leid es mir tut. Doch als sie dann endlich gekommen ist, war dieser Kerl bei ihr und sie sind ab ins Schlafzimmer. Ich bin ihm nachgefahren, als er wieder weg ist. Das war allerdings erst am nächsten Tag, so gegen Abend. Ich wollte wissen, wer er ist, wo er wohnt. Aber der Jensen ist nicht heim, sondern ins Eisstadion. Ich hab erfahren, dass er der Torhüter von den Tigers ist. Jedenfalls hat er Lisa später abgeholt, und ich bin ihnen hinterher. Mit einem Leihwagen. Ich wollte nicht, dass Lisa mich sieht. Sonst wäre sie sicher traurig gewesen ..."
Julia schaute ihn verblüfft an. „Traurig? Weshalb das denn?"
Wienert musterte Julia mit seinem dramatisch verschleierten Blick. Verletzt sah er aus, aber trotzdem konnte das keine Rechtfertigung für seine Taten sein.
„Wären Sie etwa nicht traurig, wenn Sie sehen würden, wie Ihr Liebster leidet? Das wollte ich ihr nicht antun. Ich bin ihnen also nachgefahren bis in den Bodenseering. Und dann wieder zu Lisa nach Hause. Wie der Kerl heißt, wusste ich ja mittlerweile. Hab auf der Homepage der Tigers gestöbert, war ja ganz leicht. Na ja, und dann hab ich gewartet. Die ganze Nacht. Ges-

tern Vormittag ist sie dann endlich heimgekommen. Ohne Jensen. Da hab ich sie angesprochen."
Stefan unterbrach ihn: „Um wie viel Uhr war das?"
Wienert überlegte ein wenig. „Ich denke mal, nach zehn. Zwischen zehn und halb elf. Vielleicht um Viertel? Ich weiß es nicht mehr genau."
„Okay, weiter. Was passierte dann?"
Wienert nickte nachdenklich. Er schien in Gedanken weit weg zu sein, und erst als Julia ihn erneut aufforderte, begann er wieder zu erzählen.
„Ich hab ihre Sachen dabei gehabt und sie gefragt, ob ich mit reinkommen darf, mein Zeug holen. Erst hat sie mir Kaffee gekocht, aber dann hat sie mich plötzlich geärgert. So kleine Sticheleien, die nicht auffallen, aber treffen. Das kann sie. Schon immer. Jedenfalls hab ich meinen Kaffee getrunken und dann meine Sachen zusammengesucht. Als ich fast fertig war, hat sie mich beleidigt. Mir erzählt, was ich für eine Null bin und wie toll dieser Spinner ist. Da hab ich rot gesehen und zugeschlagen. So war das."
Julia schluckte und Stefan, der merkte, wie sehr sie um Fassung rang, hakte nach. Es fiel auch ihm schwer, sachlich zu bleiben. „Und danach haben Sie Lisa vergewaltigt."
Wienert schüttelte den Kopf. „Nein, hab ich nicht. Sie hat es doch gewollt."
„WAS???"
Julia war empört aufgesprungen. Sie hatte das Gefühl, gleich zu explodieren. Sie hatte Lisa gesehen, ihre Aussage gehört und den Befund aus der Notaufnahme gelesen.
„Sie wollen mir erzählen, Sie hätten Lisa verdroschen und dann wollte sie zum Dank dafür mit Ihnen ins

Bett?“, rief sie, und Stefan warf ihr einen beschwichtigenden Blick zu.
Wienert starrte sie trotzig an. „Ja. Sie hat behauptet, der Kerl wäre besser als ich. Das ist doch völlig klar – sie wollte das Gegenteil bewiesen kriegen.“
Julia drehte sich schnell weg und schnappte nach Luft. Das war ja total krank! Auch Stefan brauchte einen Moment, bevor er weiterfragte. „Und dann?“
Wienert seufzte. „Dann bin ich weg. Ich wollte ihr Zeit geben das zu verdauen und mit Jensen Schluss zu machen. Hätte ich nicht tun sollen. Das war ein Fehler. Ich hätte bei ihr bleiben müssen, ihr zeigen, wie sehr ich sie liebe ...“
Tja, dann würde Jensen vielleicht noch leben, dachte Julia. Die Frage war nur, ob dann statt ihm jetzt eine zu Tode geliebte Lisa in der Rechtsmedizin liegen würde.
„Und wohin sind Sie dann?“
Wienert zuckte mit den Schultern. „Heim, zu mir. Duschen, essen, fernsehen.“
Julia schlug wütend mit der flachen Hand auf den Schreibtisch. „Und Jensen?“, schrie sie Wienert an. Der war erschrocken hochgefahren und starrte sie verständnislos an. „Was soll mit Jensen sein? Nichts. Ich war mir sicher, Lisa macht Schluss mit ihm. Nur eine Frage der Zeit.“
„Aber einfacher und schneller war es, ihn um die Ecke zu bringen. Nur so konnten Sie wirklich sicher sein, dass Lisa nicht doch bei ihm bleibt.“
„Quatsch! Ich weiß ja, dass sie mich liebt. Sie hatte es nur vergessen ...“
Jetzt mischte sich Stefan wieder ein. „Sie wollen also nicht im Eisstadion gewesen sein, bei Markus Jensen?“

Wienert wurde blass, dann brüllte er los: „Ihr wollt mir da irgendwas anhängen, stimmt´s? Aber nicht mit mir!“
Er sprang auf, seine Hände griffen nach der Tischkante, an der er sich krampfhaft festhielt. Julia legte ihm beschwichtigend die Hand auf den Arm. „Bitte, Herr Wienert. Keiner will Ihnen was anhängen. Wir wollen nur klären, was passiert ist. Wann haben Sie Markus Jensen zuletzt gesehen?“
Wienert atmete mehrere Male tief durch, die Augen geschlossen. Offenbar versuchte der Hitzkopf, sich zu beruhigen. Schließlich setzte er sich wieder und zog an seinen Fingern, bis die Gelenke knackten. Julia, die dieses Geräusch nicht leiden konnten, zuckte unmerklich zusammen.
Hannes Wienert überlegte kurz und antwortete dann erstaunlich ruhig: „Vorgestern Abend, so gegen elf. Er hat Lisa abgeholt, war erst ein wenig bei ihr. Dann sind sie in seinem Golf zu ihm gefahren. Vor der Tür haben sie endlos im Auto rumgeknutscht. Und irgendwann sind sie zu ihm rein. Da bin ich weggefahren.“
„Und gestern?“
„Gestern ist Lisa allein gekommen, mit dem Bus. Das Schwein hat sie nicht mal heimgebracht.“
„Und Sie waren gestern noch im Eisstadion?“
„Nein, zum Teufel! Ich war überhaupt noch nie da drin. Neulich war ich auch nur am Eingang. Da hat mich einer aus der Mannschaft vollgequatscht, das Training wär nicht öffentlich.“
So sehr die beiden Beamten auch nachhakten: Hannes Wienert blieb bei seiner Aussage und leugnete hartnäckig, jemals mit Markus Jensen zusammengetroffen zu sein.

***

Verdammte Scheiße! So war das nicht gedacht. Er hätte leiden sollen, nicht gleich draufgehen … Ich hab's vermasselt … Rollstuhl, Schmerzen, kein Sport mehr, keiner mehr, dem die Frauen nachrennen – das hätte ich ihm gewünscht. DAS hätte er verdient gehabt … Aber doch nicht umfallen und tot sein … Verfluchter Mist! Hätte ich doch besser gezielt! Scheiße! Aber ein Gutes hat die Sache: Er wird kein Leben mehr ruinieren … Immerhin. Also war's das wohl wert. Auch wenn's anders geplant war … Bloß gut, dass ich die Axt ständig mit mir rumgeschleppt habe, aus Angst, dass sie das Zimmermädchen findet. Sonst hätte ich gar nichts machen können in der Scheißkabine … Und wer weiß schon, wann ich ihn wieder allein erwischt hätte … Trotzdem: Ich Idiot hab einfach viel zu fest zugeschlagen. Er hätte nicht sterben sollen, zumindest nicht sofort …

„Na, das war wohl nichts. Kann dauern, bis der gesteht“, seufzte Stefan, als Wienert nach dem Verhör abgeführt wurde. Julia legte die Stirn in Falten und strich nachdenklich mit der Hand über ihre Nase, was Stefan zum Grinsen brachte. Schließlich nickte sie gedankenverloren. „Weißt du was? Wir sollten in der Pause zum Spiro gehen und dort noch mal über alle Fakten reden. Ich hab einen Bärenhunger.“
„Einverstanden!“

Eine Viertelstunde später parkten sie am Güterbahnhof, schlossen das Auto ab und liefen eilig zu dem Eckhaus aus rotem Backstein, das seit vielen Jahren ihr

Stammlokal beherbergte. Es war ein angenehm sonniger Tag, sodass sie sich gleich in den kleinen Garten setzten, um einen der letzten Spätsommertage zu genießen. Es dauerte nicht lange, bis die Wirtin kam und sie freundschaftlich begrüßte.
„Ja hallo, ihr zwei! Ihr wart ja schon lang nicht mehr hier. Was mögt ihr denn?“
Das war genau die Vertrautheit, die von den beiden Beamten hier geschätzt wurde. Ohne lange nachzudenken, bestellte Julia Tintenfischringe und eine Apfelschorle, wie meistens. Stefan entschied sich für eine gemischte Platte und ein Spezi.
„Wegen Ouzo frag ich gar nicht erst, ihr seid ja eh wieder im Dienst. Was ermittelt ihr denn grad?“
Julia lachte leise, sie mochte diese direkte Art. „Der tote Eishockeytorwart. Steht heute groß in der Zeitung.“
„Ach ja, da hab ich bloß die Überschrift gelesen. Ich blättere früh den Kurier ja immer nur schnell durch, weil ich keine Zeit hab. Mord?“
Julia und Stefan nickten. Rositta verschwand nach drinnen, um die Bestellung aufzugeben. Innerhalb kürzester Zeit brachte sie die Getränke und wechselte noch ein paar nette Worte mit den beiden Ermittlern, bevor sie andere Gäste begrüßte.

Stefan trank einen großen Schluck, stellte sein Glas so schwungvoll ab, dass das Spezi gefährlich schwappte und schaute Julia erwartungsvoll an. „Sag mir mal, warum der Wienert alles zugibt, was Lisa betrifft, aber auf der anderen Seite in Bezug auf Markus Jensen alles abstreitet?“

Julia zuckte mit den Schultern. „Vielleicht hat er einfach rot gesehen, und mittlerweile ist ihm gedämmert, dass es für Mord einige Jahre mehr gibt als für Vergewaltigung ...“, überlegte sie. Allerdings passte auch für ihre Begriffe da irgendetwas nicht stimmig zusammen.
In diesem Moment kam auch schon das Essen. „So, jetzt hab ich´s gelesen. Habt ihr schon einen Verdächtigen?“, fragte Rositta.
Stefan nickte. „Ja, sieht ganz gut aus“, erwiderte er.
„Na ja, ihr werdet schon wissen, was ihr macht. Obwohl – manchmal ist ja das Naheliegendste nicht wirklich so, wie es auf den ersten Blick aussieht. Lasst es euch schmecken!“
Julia sah ihr nachdenklich hinterher. „Vielleicht hat sie ja recht. Ist schon komisch, dass er alles so strikt leugnet. Ich denke, wir sollten uns mal in Lisas Nachbarschaft umhören. Vielleicht hat jemand was mitbekommen und gesehen, wann Wienert gegangen ist.“
Das Triumphgefühl anlässlich Wienerts Verhaftung war mit einem Mal nicht mehr so groß wie noch vor einer halben Stunde. Stattdessen machte sich eine dumpfe Ahnung in ihr breit, dass der Mordfall Jensen möglicherweise doch nicht so einfach gelöst war, wie sie gedacht hatten. Ihren Appetit beeinträchtigte das allerdings wenig. Sie beeilten sich mit dem Essen und saßen schon zwanzig Minuten später wieder im Auto, unterwegs in Richtung Hegelstraße, zu Lisas Wohnung.

***

„Die Frau Bayer? Freilich kenn ich die. Die wohnt da drüben.“ Frau Schmidt deutete auf Lisas Wohnzim-

merfenster, ihre Silberlöckchen zitterten vor Aufregung.
„Und ihren Freund? Kennen Sie den vielleicht auch?“, fragte Julia.
„Welchen? Den alten oder den neuen? Seit ein paar Tagen ist da nämlich immer ein anderer gekommen als sonst. Wissen Sie das?“
Julia nickte. Offenbar interessierte sich die alte Dame sehr für ihr Umfeld.
„Aber gestern, da war der alte wieder da. Ich hab sein Auto stehen sehen, als ich zum Bus bin. Und als ich wieder heimgekommen bin, da ist er grade weg.“
Sie schaute Julia mit wichtiger Miene erwartungsvoll an, und Julia hakte sofort nach. „Wann sind Sie denn wiedergekommen? Wissen Sie das noch?“
Frau Schmidt musste nicht lange überlegen. Sie schenkte Julia einen mitleidigen Blick, der zu fragen schien: „Armes Kindchen, denkst du, ich wäre senil?“ Und dann legte sie los. „Ich hatte um 11 Uhr einen Arzttermin. Da hab ich ziemlich lang warten müssen – überlegen Sie sich das mal: Mit Termin sitzt man da über eine Stunde, nur damit man fünf Minuten beim Arzt ist!“
Sie machte ein entrüstetes Gesicht und kam so nah zu Julia heran, dass die trotz des Kaugummis in ihrem Mund Angst bekam, Frau Schmidt würde von ihrer Tzatzikifahne ohnmächtig umfallen. Gott sei Dank rückte Frau Schmidt jedoch gleich wieder weg, und Julia konnte unbesorgt weiteratmen.
„Hinterher hab ich mir gedacht, da bist du schon mal am Marktplatz, jetzt kannst du in der Nordsee was essen. Fisch ist ja gesund, heißt es. Dann hab ich den Bus um zehn vor eins genommen – also wissen Sie,

praktischer war es schon, als die Busse noch am Markt gehalten haben. Nichts gegen den neuen Busbahnhof, aber an die alten Leute haben die nicht gedacht dabei. Jedenfalls, als ich wieder hier war, da ist er grad ins Auto gestiegen und weggefahren. Der alte Freund, nicht der neue. Ich glaub, der hatte gestern frei. Das Fräulein hat mir nämlich mal erzählt, dass der bei der BAT arbeitet. Na, vielleicht kriegt er die Zigaretten dann billiger, der qualmt nämlich wie ein Schlot. Was meinen Sie?“, fragte sie.
Julia lächelte mechanisch. „Da habe ich leider keine Ahnung, wie die das handhaben. Möglich wäre es vielleicht. Und Sie sind sich ganz sicher, dass Sie den Mann nach dreizehn Uhr hier gesehen haben?“
Frau Schmidt nickte so heftig, dass ihre Löckchen wieder wackelten. „Aber ja doch! Oder denken Sie, ich wäre verkalkt? Um fünf nach eins war ich hier, und da ist er grad in sein Auto rein und weggefahren. Nicht mal gegrüßt hat er mich – so was! Na ja, die jungen Leute halt.“
„Vielen Dank, Frau Schmidt. Sie haben uns gerade sehr geholfen. Auf Wiedersehen!“
Die alte Dame, die das Gespräch nur zu gerne noch fortgesetzt hätte, winkte ihnen bedauernd nach, als sie ins Auto einstiegen.
„Ich muss noch mal mit Lisa sprechen!“ Julia ließ mit einer energischen Bewegung den Motor an, winkte Frau Schmidt noch einmal zu und fuhr dann los.
„Warum? Dir ist irgendwas aufgefallen, oder?“, fragte Stefan, dessen voller Magen sein Denken blockierte. Auch er kaute auf einem Kaugummi herum. Wenn sie vor ihrer Pause geahnt hätten, dass der Nachmittag noch Alternativen zum Berichtschreiben bereithielt,

dann hätten sie wohl nicht beim Spiro gegessen. Der Knoblauch in der griechischen Kost würde ihnen vermutlich noch eine Zeitlang anhaften. Julia grinste. „Gib mir bitte auch noch einen!"
Stefan wickelte einen Streifen aus und hielt ihn ihr hin. Gründlich kauend wartete sie noch einen Moment mit ihrer Antwort.
„Ich will von ihr wissen, ob Wienert die ganze Zeit in ihrer Wohnung war. Wer weiß – vielleicht war er ja zwischendurch weg. Überleg doch mal: In unserer Mittagspause waren wir noch im K1. Wenn Wienert nicht zweimal bei Lisa war, kann er Markus Jensen nicht auf dem Gewissen haben. Dann war er nämlich noch hier, als wir schon längst den Notruf bekommen hatten. Er müsste die Wohnung verlassen haben, um Jensen umzubringen, bevor er Lisa vergewaltigt hat. Nur so könnte er es zeitlich auf die Reihe bekommen haben."
Stefan runzelte die Stirn. „Na prima! Und ich hab mich schon gefreut, dass wir Strasser endlich mal beeindrucken können."
„Jetzt bin ich erst mal gespannt, wie es Lisa heute geht. Hoffentlich können wir überhaupt mit ihr reden. Nicht, dass sie mit Beruhigungsmitteln zugedröhnt ist ..."

Zugedröhnt war Lisa beileibe nicht. Sie hatte zwar Medikamente bekommen, war aber durchaus ansprechbar.
„Ob Hannes die Wohnung verlassen hat? Nein, das kann ich mir nicht vorstellen. Ich war zwar mal kurz weggetreten, aber ob er da raus ist …"

Julia hielt Lisas Hand ganz vorsichtig – sie lag dünn und kalt wie ein toter Vogel in ihren eigenen warmen Händen.
„Lisa, wenn Sie bewusstlos waren, dann haben Sie doch kein Zeitgefühl. Woher wollen Sie denn wissen, dass es nur kurz war?“
Lisa schwieg. Als Julia schon überzeugt war, Lisa hätte eingesehen, dass sie es nur vermuten konnte, flüsterte Lisa plötzlich: „Mein Radiowecker. Als er mich angegriffen hat, da stand ich im Flur. Und direkt zuvor hab ich auf meine Armbanduhr geschaut, wissen Sie, so demonstrativ: *Wann gehst du endlich?* Da war es kurz nach elf. Meine Uhr ist dann kaputt gegangen, als er mich geschlagen hat. Die liegt jetzt im Mülleimer unter der Spüle. Als der Hannes mich auf mein Bett ..., als ich aufgewacht bin ..., ich hab den Radiowecker gesehen auf dem Nachttisch ... 11:36 Uhr war es da. Wohin hätte er denn gehen sollen in der kurzen Zeit? Nein, das glaube ich nicht. Der war bestimmt die ganze Zeit über in der Wohnung.“

Kapitel acht

Julia war enttäuscht. Enttäuscht über den Fall, der jetzt plötzlich wieder offen war. Es wäre ja auch zu schön gewesen, wenn sie den Täter noch am Mordtag geschnappt hätten! Stattdessen standen sie jetzt wieder am Anfang: Befragungen, Überprüfung von Aussagen, das Suchen nach Motiven und Tatverdächtigen. Analysieren der Berichte aus der Rechtsmedizin.

Und enttäuscht über sich selbst. Sie hätte ebenso gern vor Strasser brilliert wie Stefan. Da war ihnen Wienert natürlich gerade recht gekommen. Immerhin erfüllte es Julia mit einer gewissen Genugtuung, dass er ein Verfahren wegen Vergewaltigung und Körperverletzung am Hals hatte. Aber wer weiß – er war nicht vorbestraft. Vermutlich würde er glimpflicher davonkommen als ihr Gerechtigkeitssinn es verlangte.

Sie seufzte laut, aber das dumpfe Grollen in der Magengrube blieb hartnäckig bestehen und lastete auf ihrem Gemüt. Leo, der gerade mit seinem Abendessen fertig war, kam angetrabt und maunzte leise. Doch Julia hatte heute keinen Sinn für ihren Kater. Sogar ihr Saxophon ließ sie unberührt auf dem Ständer. Der Mordfall und alles, was mit ihm zusammenhing, wollten ihr nicht aus dem Kopf gehen. Das schreckliche Bild des toten Goalies, wie er in der Blutlache lag, die Schlittschuhkufe in der Schläfe: Es ließ sich nicht verdrängen. Genauso wenig wie die emotionslose Schilderung, die Lisa von ihrer Vergewaltigung abgegeben hatte. Und dann die vielen schockierten Kinder, mit denen sie gesprochen hatte. Kinder, die nicht ihre eigenen waren und mit denen sie nicht so umgehen konnte, wie sie es gerne getan hätte. Das alles hatte wieder sämtliche alten Narben in ihr aufgerissen, und der verzweifelte Wunsch nach einem eigenen Kind brannte auf einmal heftiger in ihr als damals, als Bernd sie betrogen und verlassen hatte. Und zu allem Überfluss spukte ihr außerdem ständig dieser gutaussehende Trainer mit seiner tiefen Reibeisenstimme im Kopf herum, ohne dass sie auch nur die geringste Aussicht auf ein Wiedersehen hatte. Es sei denn, sie müsste ihn noch mal befragen. Und das wiederum würde ja bedeuten, dass er ernsthaft verdächtig wäre, was sie auch wieder nicht wollte ...

Schließlich lief Julia, einer plötzlichen Eingebung folgend, ins Schlafzimmer und kramte ihre Sportsachen aus dem Schrank, was einige Zeit dauerte. Julia ging fast nie zum Joggen, und entsprechend weit nach hinten waren die Sachen geräumt, zurückgeschoben und fast vergessen. Heute hatte sie jedoch das Gefühl, laufen zu müssen. Vielleicht wurde sie ihren Frust auf diese Art los! Außerdem war der Trimm-dich-Pfad am Buchstein nicht allzu weit weg.

Julia schwang sich auf ihr Fahrrad, fuhr die Lange Zeile bis ganz nach vorne, an der Schule vorbei und auf dem Radweg an der Tennisanlage entlang in Richtung Bezirkslehrgut. Vorbei an Kuhställen und Hallen mit landwirtschaftlichen Maschinen. Es dauerte keine zehn Minuten, bis sie da war, und dann schloss sie ihr Rad am Waldrand ab. In entschlossenem, für ihre Kondition allerdings viel zu schnellem Trab, setzte sie sich in Bewegung. Und tatsächlich – schon nach wenigen hundert Metern ließ Julias Anspannung etwas nach. Jetzt fiel ihr auch wieder ein, dass sie vor einigen Monaten zuletzt hier gewesen war, im Mai. Aber nicht zum Laufen. Damals war nicht weit entfernt, am Buch-

stein, eine Leiche gefunden worden. Ein blutjunges Mädchen. Selbstmord hatte sie begangen, ein Jammer. So ein hübsches Ding und derartig enttäuscht vom Leben ...
Julia versuchte, an etwas anderes zu denken und zählte ihre Schritte. Aber schon ein kleines Stück weiter lehnte sie vornübergebeugt an einer alten Fichte, rang nach Luft und hatte tierisches Seitenstechen. Während sie sich darauf konzentrierte, wieder klar zu sehen und die kleinen flimmernden Sternchen vor ihren Augen loszuwerden, verfluchte Julia sich innerlich. Wie hatte sie nur so blöd sein können? Sie wusste es doch, dass sie nur für Musik taugte, aber keinesfalls für Sport! Und zu allem Überfluss musste sie ja auch noch wieder heimradeln!

Überrascht schreckte sie hoch, als ihr plötzlich eine Trinkflasche unter die Nase gehalten wurde.
„Hallo, Frau Lehmann!“
„Guten Abend!“
„Alles in Ordnung, Frau Lehmann?“, tönte es ihr von allen Seiten entgegen.
Als sie verwirrt hochsah, bemerkte Julia, dass eine ganze Horde Kinder um sie herumstand. Niemand anderes als die Knabenmannschaft der Tigers! Julias irritierter Blick wanderte über die Köpfe der Kinder und blieb schließlich an Trainer Jan hängen, der sie mit einer Mischung aus Besorgnis und Belustigung musterte.
„Ja, alles in Ordnung. Hallo, Kinder!“, keuchte sie und spürte, dass ihr das Blut in ihr eh schon erhitztes Gesicht schoss.

„Trinken Sie einen Schluck!“, brummte Jan Keller in sehr bestimmtem Ton.
Julia hatte das Gefühl, im Erdboden versinken zu müssen. Einmal im Leben hatte sie eine solch verrückte Anwandlung, und prompt passierte ihr so etwas Peinliches! Vor einem Tatverdächtigen. Einem verflixt attraktiven Tatverdächtigen. Und vor lauter Kindern, von denen jedes einzelne zigmal besser in Form war als sie selbst. Julia seufzte resigniert und schloss die Augen.
„Danke, es geht schon“, murmelte sie. Aber weder der Trainer noch seine Mannschaft bewegten sich.
Jan erklärte ihr kategorisch: „Wir gehen nicht weiter, bevor Sie etwas getrunken haben. Also los.“
Obwohl Julia sich zierte, hatte sie keine Chance. Jan und die Knaben machten Ernst und blieben neben ihr stehen, bis sie schließlich mit einer schnellen, unwirschen Bewegung die Flasche ergriff und trank.
Eigentlich hatte sie nur einen kleinen Schluck gewollt, als sie aber das kühle Nass schmeckte, kam es ganz anders und sie trank die Flasche in gierigen Schlucken fast halbleer. Sie murmelte ein verlegenes *„Danke“* und gab sie zurück.
„Jetzt könnt ihr weitertrainieren“, erklärte sie den grinsenden Kindern.
Aber Jan widersprach ihr schon wieder. „Ach, wissen Sie, das ist unsere letzte Runde, dann sind wir eh fertig. Die können wir auch schön gemütlich mit Ihnen zurücklaufen. Stimmt´s?“
Die Kinder nickten. So blieb Julia nichts anderes übrig: Sie musste mit, obwohl ihr das Ganze abgrundtief peinlich war. Sie sah sich schon hinterherhecheln und die Knaben sich mitleidig-spöttisch nach ihr umdrehen. Aber es kam anders. Jan schickte seine Mann-

schaft voraus und trug ihnen auf, an der langen Steigung immer zu zweit zu spurten. Dann zwinkerte er Julia zu. „Bis die alle dran waren, werden wir bestimmt auch dort sein. Ganz gemütlich."
Und so war es tatsächlich. Nur das letzte kurze Stück vom Ende der Steigung bis zum Bezirkslehrgut trabten sie alle zusammen, und dort holte Julia erleichtert ihre eigene Trinkflasche aus der Satteltasche. Die hatte sie vorhin total vergessen.
„So, Feierabend für heute! Kommt gut heim!", rief Jan. Während sein Team den Heimweg antrat, drehte er sich mit einem unglaublich strahlenden Lächeln zu Julia um.
„Und bei Ihnen werde ich höchstpersönlich dafür sorgen, dass Sie gut nach Hause kommen."
Julia verschluckte sich vor Schreck und musste husten. Als sie wieder Luft bekam, wehrte sie ab. „Ich wohne ja nicht weit von hier, was soll da schon passieren? Und außerdem bin ich ja mit dem Rad da."
„Ich auch – trifft sich gut, oder?", grinste Jan und zeigte auf sein eigenes Rad, das nur ein paar Meter entfernt am Zaun festgemacht war.
Julia funkelte ihn wütend an, aber er heftete sich unbeirrt an ihre Fersen. Gott sei Dank ging es auf dem Heimweg nicht bergauf. Für die ebene Strecke reichte Julias Puste gerade noch. Jan, der normalerweise mit Sicherheit ein anderes Tempo an den Tag legte, fuhr geduldig neben ihr her, bis sie schließlich vor Julias Haustür anhielten.
Julia schaute verlegen auf ihre Hände, bevor sie murmelte: „Wissen Sie, ich würde Ihnen gern als Dankeschön fürs Bringen noch einen Kaffee anbieten. Aber

als ermittelnde Kommissarin, und Sie als Verdächtiger ...“ Sie redete nicht weiter.
Jan schwieg einen Moment, bevor er antwortete: „Auf Radio Mainwelle haben sie heute Mittag gemeldet, es wäre jemand verhaftet worden.“
„Ja, richtig. Aber das war nicht der Mörder. Leider.“ Ob sie das Bedauern auf ihre Arbeit oder den Kaffee bezog, verschwieg sie.
Jan nickte traurig. „Und ich würde Sie gern mal auf ein Spiel mitnehmen, um Ihnen die Regeln zu erklären. Ich glaube, das könnte Ihnen gefallen. Tja, aber das geht dann wohl auch nicht. Ich hoffe, Sie klären den Fall bald auf, damit wir das nachholen können.“
Julia lächelte und lehnte sich an den Gartenzaun, weil sie spürte, dass ihre Knie ein klein wenig weich wurden.
„Ich werde mich bemühen, und ich rufe Sie demnächst noch mal an. Ich habe nämlich noch einige Fragen an Sie.“
„Ist das ein Versprechen?“, fragte Jan mit rauer Stimme, und Julias Knie gaben fast nach. Doch sie hatte sich gleich wieder im Griff. „Nein, eine Drohung“, lachte sie.
Jan lachte nicht mit. Er schaute sie nur an, und Julia glaubte einen Moment lang, seine Augen wären ein Spiegel ihrer eigenen Gedanken und Wünsche.
Schließlich brummte Jan: „Ich fasse das nicht als Drohung auf. Ich bin zwar ein Verdächtiger, aber nicht der Täter. Von daher habe ich von Ihnen nichts zu befürchten. Dienstlich ... Gute Nacht!“
Er schwang sich auf sein Fahrrad und fuhr den Südlichen Ringweg hinunter, ohne sich noch einmal umzudrehen. Julia dagegen sah ihm hinterher, bis er um die

Kurve verschwunden war. Dann holte sie tief Luft, stellte ihr Fahrrad im Vorgarten ab und ging in ihre Wohnung.

***

Es war später Vormittag. Julia und Stefan beugten sich über ein schmales graues Notizbuch. Darin reihte sich ein Datum ans andere, und dahinter standen jedes Mal ein Name und eine Bewertung: Smileys mit lachendem oder bösem Gesicht, Plus und Minus, ab und zu ein Sternchen und ganz selten mal die Anmerkung „halten!". Diese Namen hatten dann nicht nur ein Datum, sondern mehrere, bis hin zu einer Woche. Der letzte Name in diesem Notizbuch war der von Lisa Bayer, und bei ihr stand nicht nur „halten!", sondern „unbedingt halten!" War dieses eine Wort Markus Jensen letztendlich zum Verhängnis geworden?
Stefan schüttelte verständnislos den Kopf, und auch Julia verzog angewidert das Gesicht.
„Das ist einfach ekelhaft – der Kerl hat alle seine Eroberungen katalogisiert und bewertet. Wie abartig ist das denn?"
Stefan seufzte. „Na ja, uns hilft es ja vielleicht weiter. Ich find das ja auch völlig daneben. Aber wie war der Jensen denn bitte drauf, so akribisch, wie der alles notiert hat ..."
„Okay!" Julia pustete sich eine dunkle Locke aus dem Gesicht. „Am besten überprüfen wir zuerst, ob eine der Damen mit jemandem von den Tigers liiert war. Oder vielleicht so einen eifersüchtigen Freund hatte wie Wienert. Das gibt eine Menge Arbeit. In der Uni sollten wir uns auch mal umhören. Obwohl ich eher glau-

be, dass der Mörder irgendwo bei den Tigers zu finden ist. Oder in deren Umfeld.“
Sie schob das Notizbuch zur Seite und schlug die Akte Jensen auf. Von der Rechtsmedizin waren Todeszeitpunkt und Todesursache bestätigt worden. Beides also keine Neuigkeiten. Sie hatten ja schon gewusst, dass Jensen noch mit Lisa gefrühstückt hatte und deshalb nicht vor zehn Uhr morgens ins Eisstadion gefahren sein konnte. Gegen 11 Uhr war er getötet worden, und die Schädelverletzung war ebenfalls offensichtlich. Eine Überraschung barg der Bericht aber doch. Die Untersuchung hatte gezeigt, dass die Schlittschuhkufe nicht die Tatwaffe war. Dem Opfer war zwar die Schläfe zertrümmert worden, jedoch eindeutig mit einer anderen Waffe. Die Gerichtsmediziner gingen von einer Axt aus. Die T´blade war dem Torhüter erst nachträglich in die Wunde gesteckt worden. Es passten weder Größe noch Ränder der Verletzung zu der Kufe, auch hielten die Experten es nicht für möglich, dass jemand eine T´blade mit so viel Wucht einsetzen könnte, dass sie eine tödliche Waffe darstellte. Zumindest nicht bei dieser Art von Verletzung. Und noch etwas war mehr als seltsam: Die Kufe war sorgfältig scharf geschliffen worden. Julia stutzte. „Stefan, hatte der Knabentrainer nicht gesagt, dass diese T´blades nicht geschliffen werden können? Wir sollten noch einmal mit ihm reden.“
Stefan grinste. „Unbedingt!“, stimmte er Julia zu, worauf diese ihn wütend anfunkelte.
„Lass das! Rein dienstlich, meine ich.“
„Na klar!“ Stefan zog eine Augenbraue hoch und beobachtete belustigt, wie Julia rot wurde. „Übermorgen ist Strassers Urlaub vorbei. Am Montag steht er vor

unserem Schreibtisch, und wehe wir haben keine Ergebnisse, die wir ihm präsentieren können. Dann müssen wir an allen Fronten gleichzeitig kämpfen. Nichts wie los!“ Er zwinkerte ihr zu und griff zum Telefon, um Jan Keller anzurufen.

Es dauerte nicht allzu lange, bis Jan auf dem Revier erschien. Auf seinem Gesicht lag ein leichtes Lächeln, das sich vertiefte, als er Julia sah. Stefan beobachtete ihn und dachte sich seinen Teil.
„Herr Keller, setzen Sie sich doch bitte“, begrüßte er ihn, reservierter als es sonst seine Art war. „Sagen Sie – neulich in Ihrer Aussage haben Sie uns erklärt, T´blades wären Einwegkufen, die nicht geschliffen werden.“
Jan ließ sich auf den Stuhl fallen, der vor Stefans Schreibtisch stand, und streckte seine langen Beine aus. „Stimmt. Die Kufe selbst, das ist nur eine dünne Metallauflage. Wenn die stumpf gefahren ist, dann ist Feierabend.“
„Aber man könnte sie schleifen?“, hakte Julia nach.
Jan überlegte kurz. „Ich hab ja selbst noch keine T´blades ausprobiert. Aber ich kenne jedenfalls keinen, der das macht.“
„Wer fährt denn überhaupt auf T´blades?“, fragte Stefan, worauf Jan grinste.
„In der Ersten keiner. Beim Nachwuchs sind es schon ein paar. Allerdings nicht viele. Ich kann Ihnen eine Liste machen. Aber was soll’s – im Prinzip kann sich ja jeder die Kufen im Internet bestellen.“
Julia schob eine Kopie von Jensens Beuteliste über den Tisch. „Würden Sie bitte mal drüberlesen, ob Sie einen Namen kennen? Wäre ja möglich, dass eines der Mäd-

chen mit jemandem aus dem Verein zusammen war, bevor Markus Jensen dazwischenfunkte."
„Jetzt gleich?" Jan nahm die Kopie und schaute sie verblüfft an. „Der Mistkerl hat tatsächlich Buch geführt? Werde ich meine Frau auch auf der Liste finden?"
Stefan nickte und Julia schaute demonstrativ aus dem Fenster. Es war ihr irgendwie unangenehm, wenn Jan von seiner Frau sprach. Peinlich? Sie fühlte sich unwohl dabei, zumal es nicht zu überhören war, wie eiskalt die dunkle samtige Stimme des Trainers dann jedes Mal wurde. Aber Gott sei Dank verbiss sich Jan nicht in dieses Thema, sondern studierte die Namensliste. Immer wieder schüttelte er den Kopf und meinte schließlich: „Ach, wissen Sie, ich denke, das bringt nichts. So intensiven Kontakt zur Ersten habe ich auch wieder nicht, dass ich die Namen sämtlicher Freundinnen kennen würde. Und selbst wenn – soweit ich weiß, hat sonst keiner einen derartigen Verschleiß."
Aber im nächsten Moment stutzte Jan und pfiff leise durch die Zähne. „Donnerwetter – das ist ja ein Ding! Schauen Sie mal her: Mara Berger. Vom 9. bis 15. Oktober letzten Jahres. Wissen Sie, wer das ist? Die Schwester von Adrian Berger, und er ist Stürmer in der Ersten. Und das ist noch nicht alles: Mara hat sich im Mai umgebracht."
Julia fuhr herum. „Mara Berger! Wir kennen den Fall. Ein blutjunges Ding, Liebeskummer. Sie wurde in dem Wald gefunden, wo ich gestern zum Laufen war." Bei den letzten Worten wurde sie ein wenig rot und Jan lächelte sie kurz an. Stefan, der die beiden beobachtet hatte, zog eine Augenbraue hoch. Wenn Strasser Wind davon bekam, was sich hier anbahnte ... Offensichtlich

lag da etwas in der Luft, und offenbar war nicht nur Julia gestern am Buchstein gelaufen.
Jan schaute Stefan an. „Ich weiß. Sie hat bei einem Felsen am Buchstein gelegen. Ihr Bruder ist seitdem wie verwandelt. Früher war er ein geselliger Kerl, fröhlich und aufgeschlossen. Aber jetzt traut man sich kaum noch, ihn anzusprechen. Er ist in sich gekehrt, sagt kaum ein Wort und kennt nur noch seinen Sport. Regelrecht fanatisch ist das, wie er trainiert."
Diesmal zog Stefan beide Augenbrauen nach oben, und Julia holte hörbar Luft.
„Meinen Sie, Berger wusste etwas davon, dass seine Schwester und Jensen ..?", fragte sie, und ihre Stimme zitterte leicht vor Anspannung.
Jan überlegte. „Nein, glaub ich nicht. Wenn ich beim Training zugesehen habe, hatte ich vor Maras Selbstmord zumindest nicht das Gefühl, dass Adrian sich Jensen gegenüber anders verhalten hätte als beim Rest der Mannschaft. Und in den letzten Monaten war er ja eh zu jedem komisch."
„Vielen Dank, Herr Keller. Das war's vorerst."
Julia zögerte ein wenig, dann lächelte sie ihn vorsichtig an, und Jan sah ihr mit einem warmen Blick in die Augen, bis sich Stefan schließlich demonstrativ räusperte. Julia schaute ihn strafend an, während Jan sich zum Gehen wandte.
„Sie wissen doch, es liegt auch in meinem Interesse, dass Sie Ihren Fall bald lösen ...", sagte er noch, bevor die Tür hinter ihm ins Schloss fiel.
„Was war das denn bitte?", fragte Stefan und starrte Julia verärgert an. Die nestelte an einem Kugelschreiber herum und gab erst einmal gar keine Antwort. Schließlich schaute sie mit einem trotzigen Ausdruck

in den Augen in Stefans Gesicht und fauchte: „Gar nichts – wir sind uns gestern zufällig beim Laufen begegnet. Das war´s.“
„Aha.“ Stefan erwiderte ihren Blick und warf ein trockenes „Zufällig.“ hinterher.
Julia biss sich fest auf die Lippen, um nicht hochzugehen. Sie atmete tief durch und zählte lautlos bis zehn, bevor sie antwortete: „Stefan, glaub mir, wenn ich gewusst hätte, dass ich beim Laufen die Knabenmannschaft von diesen Tigers treffe – noch dazu, als ich grad nach Luft schnappend vor mich hinkeuche – dann wäre ich daheim geblieben und hätte Sax gespielt. Garantiert.“
„Kann gut sein. Aber zwischen dir und diesem Knabentrainer knistert es gewaltig, das bemerke ja sogar ich. Wir sollten wirklich zusehen, diesen Fall schnell zu lösen. Schon allein, damit du ungestraft mit ihm flirten kannst.“
Jetzt musste Julia lachen. „Also, ab zu Adrian Berger?“, fragte sie. Stefan nickte.
Bevor sie allerdings ihr Büro verließen, holten sie erst einmal die Akte Mara Berger heraus, um sie nochmals genau zu lesen. Als Julia jetzt wieder die Fotos sah, die damals von der Leiche gemacht worden waren, schüttelte sie frustriert den Kopf. Das Ganze hatte sie damals sehr berührt, sie hatte den Fall viel näher an sich herangelassen, als gut für ihre Nachtruhe war. Dieses blutjunge Mädchen …
„Immer noch schrecklich ...“, flüsterte sie, und Stefan nickte.
„Finde ich auch. Erinnerst du dich an den Abschiedsbrief? Die unglückliche Liebe? Ob sie damit Markus

Jensen gemeint haben kann? Nach einem halben Jahr?“
„Unwahrscheinlich. Tatsache ist aber, dass weder ihre Mutter noch ihr Bruder etwas über einen Freund gewusst haben wollen. Und von den Leuten aus ihrem Bekanntenkreis haben wir damals auch nichts erfahren. Sie war offenbar sehr diskret. Nur – wegen einer Liaison von einer knappen Woche begehe ich doch nicht ein halbes Jahr später Selbstmord! Vielleicht hat sie zwischenzeitlich ja jemanden aus der Ferne angeschmachtet?“ Julia starrte die Fotos an und glaubte einen Moment lang, wieder an diesem Sandsteinfelsen mitten im Wald zu stehen. Es hatte nach Kiefern gerochen, würzig und frisch. Vögel hatten überall gezwitschert, Frühling eben. Und inmitten der Idylle der im Wald verstreuten großen und kleineren Sandsteinbuckel, wie vergrabene Schildkrötenpanzer, hatte eine hysterische Joggerin mit ihrem Hund gestanden. Frauchen schluchzend und schniefend, der Hund aufgeregt winselnd. Er war ihr davongelaufen, wahrscheinlich, als er die Tote gerochen hatte. Und Frauchen fand schließlich ihren laut bellenden Sammy neben Mara, die auf dem kalten Sandboden lag, die Augen geschlossen, als würde sie nur schlafen. Wenn da nicht das dunkelbraun getränkte Moos unter dem blutleeren Kopf gewesen wäre.
Als Stefan mit einem lauten Knall die Akte zuklappte, schreckte Julia aus ihren tristen Gedanken hoch,. „Julia, du redest wie aus einer Schnulze entlaufen!“, rief er.
Sie blickte ihm forschend ins Gesicht. Ja, ihm hatte es die Stimmung ebenfalls gründlich verhagelt, das war deutlich zu sehen. „Stefan, ihr Name hätte uns auffal-

len müssen, grad vorhin in der Liste von Jensen. Wie kann es sein, dass wir das übersehen haben? So lange ist die Selbstmordgeschichte doch noch nicht her?"

„Keine Ahnung – vielleicht weil wir die Liste nur oberflächlich überflogen haben? Vergessen hab ich das nicht, vielleicht aber verdrängt. Der Fall ist immerhin seit Monaten abgeschlossen. Wir hätten es bestimmt noch bemerkt, schließlich haben wir ja vor, alle Namen auf der Liste genau zu überprüfen."

„Trotzdem. Wir sollten uns beeilen und zu Adrian Berger fahren. Vielleicht wird das ja unsere letzte Überprüfung in diesem Fall?"

Kapitel neun

Gedankenverloren starrte Julia aus dem Seitenfenster, während Stefan das Auto über die Nordtangente ins Industriegebiet steuerte. Vom Vorstand hatten sie eine Liste mit allen wichtigen Daten der Ersten bekommen. Darauf standen auch deren Arbeitgeber. Adrian Berger war beim Zigarettenkonzern BAT im Labor beschäftigt. Als Stefan auf den Firmenparkplatz einbog, warf er einen kurzen, fragenden Blick auf seine Beifahrerin. Julia war allerdings so tief in ihre Überlegungen versunken, dass sie es gar nicht bemerkte. Erst als Stefan sich räusperte, schreckte sie hoch.
„Oh – wir sind schon da?“, fragte sie verwundert, und Stefan musste grinsen.
„Über welchen Tatverdächtigen hast du denn gerade nachgedacht? Über Berger oder deinen Trainer?“
Julia streifte ihn mit einem verächtlichen Blick, zog die Augenbrauen hoch und meinte schnippisch: „Er ist nicht mein Trainer. Und wenn du´s genau wissen willst: Ich frag mich, was ich an Bergers Stelle getan hätte. In der Aktennotiz stand doch ganz eindeutig, dass er damals regelrecht zusammengebrochen ist, als er vom Selbstmord seiner Schwester erfahren hat!“
Stefan nickte düster. „Aber, wenn er es gewusst hat … Erstens kapiere ich trotzdem immer noch nicht, warum sie sich erst ein halbes Jahr später umbringt. Ich glaube, das hatte andere Gründe. Und zweitens, weshalb sollte ihr Bruder dann noch mal ein gutes Vierteljahr warten, bis er den Kerl ermordet? Das passt doch irgendwie nicht. Vermutlich hat Berger überhaupt nichts mit dem Fall zu tun.“

Mittlerweile waren sie über den Parkplatz zum Pförtner gelaufen, wo sie nach Adrian Berger fragten. Eine junge Sekretärin oder Auszubildende führte die Beamten in ein helles, freundliches Zimmer, wo sie auf Berger warten sollten.
„Möchten Sie einen Kaffee?“, fragte sie lächelnd. Beide lehnten dankend ab. Schließlich verschwand das Mädchen wieder und ließ sie allein zurück. Julia seufzte. „Kaffee wäre schon nicht schlecht gewesen, aber ich schlaf eh schon so miserabel.“
In diesem Moment ging die Tür auf und Adrian Berger kam herein. Als er Julia und Stefan sah, erstarrte er für einen kurzen Moment, fing sich aber rasch wieder und schloss die Tür.
„Grüß Gott! Wie kann ich Ihnen helfen? Es geht sicherlich um Markus Jensen?“
Er ließ sich schwungvoll auf einen der Stühle fallen und versuchte ein Lächeln, das jedoch irgendwo zwischen Mund und Augen verloren ging. Julia und Stefan wechselten einen schnellen Blick. Beide hatten seine Unsicherheit bemerkt. Julia beschloss, gleich mit der Tür ins Haus zu fallen.
„Herr Berger, Ihre Schwester Maralena hat sich im Mai das Leben genommen. In ihrem Abschiedsbrief hat sie von Liebeskummer geschrieben.“
Adrian nickte.
„Kann es sein, dass sie sich wegen Markus Jensen umgebracht hat?“, fragte Julia und ließ Adrian nicht aus den Augen.
Der fuhr hoch. „Wieso das denn? Ich wüsste nicht, was Mara mit dem Kerl zu tun gehabt hätte!“, rief er empört. Eine Spur zu empört und gekünstelt für Julias Begriffe.

„Aber wir", warf Stefan trocken ein. „Im letzten Herbst. Vom 9. bis zum 15. Oktober hatten die beiden wohl eine ganze Menge miteinander zu tun."
Adrian schaut ihn verständnislos an. „Sie meinen ..., sie hatte ein Verhältnis mit Jensen? Dieser Scheißkerl!"
„Ja, genau das meinen wir."
„Aber woher wollen Sie das denn jetzt plötzlich wissen? Alle beide sind tot!"
„Jensen hat Buch geführt über sein Liebesleben. Wussten Sie das nicht?", fragte Julia.
Jetzt wurde Adrian richtig blass. „Doch ..., schon ...", stotterte er herum. „Er hat immer mal wieder damit angegeben. Aber ich hab das nicht ernst genommen. Wer denkt denn schon, dass der das wirklich macht? So was ist doch krank."
„Wussten Sie irgendetwas davon, dass Ihre Schwester auch auf dieser Liste stand?"
Adrian starrte Julia aus seinen dunklen Augen an, aber sein Blick flackerte dabei ein klein wenig.
„Nein, natürlich nicht! Ich hab doch nicht mal gedacht, dass es diese Liste wirklich gibt. Und ich glaube auch nicht, dass sich Mara wegen Jensen umgebracht hat. Sonst hätte ich ihm doch damals gleich alle Knochen gebrochen!", fauchte er.
Stefan holte tief Luft und mischte sich ins Gespräch. „Nun, vielleicht hat Jensen ja zufällig jetzt damit angegeben. Und Sie haben ihm jetzt gleich den Schädel eingeschlagen."
„Blödsinn!" Dennoch war nicht zu übersehen, dass Adrian Berger nervös war.

Julia seufzte. „Sie wussten also nichts davon? Und Sie haben Jensen wann genau zum letzten Mal lebend gesehen?“, fragte sie.
Berger zog eine Augenbraue hoch. „Am Abend bevor er ermordet wurde. Wir hatten Training bis neun, hinterher duschen. Es wird halb zehn gewesen sein, als ich gegangen bin.“
„Sie haben die Kabine also vor ihm verlassen?“
„Ja klar. Die Goalies brauchen länger, bis sie umgezogen sind. Ich bin fast immer vor ihnen weg.“
„Und was haben Sie dann gemacht?“
Er grinste. „Sie glauben, ich war es? Da sind Sie auf dem Holzweg. Ich bin zu meinem Auto und dann heim.“
„Gibt es jemanden, der das bestätigen kann?“
Berger grinste noch mehr, seine schwarzen Augen glühten fast unheimlich. Er sah aus, als hätte er Fieber. „Bedaure, ich bin nicht so wie Jensen. Ich pflege meine Nächte momentan alleine zu verbringen. Und am nächsten Tag hatte ich frei und hab ausgeschlafen. Tut mir leid, aber ich kann Ihnen kein Alibi bieten. Wollen Sie mich gleich mitnehmen oder darf ich meine Arbeit erst fertig machen?“
Julia starrte ihn sekundenlang wütend an, bevor sie ruckartig aufstand und erklärte: „Vielen Dank, Herr Berger. Das war´s für heute. Auf Wiedersehen.“
Er nickte und ging grußlos davon.

Das Summen in seinem Schädel schwoll zu einem schrillen Pfeifen an. Für den Bruchteil einer Sekunde glaubte er plötzlich sogar, die Stimme seiner Schwester zu hören. Unwillig schüttelte er den Kopf und lief auf die Toilette, drehte den Wasserhahn auf und ließ sich das eiskalte Wasser erst über die Unterarme laufen, bevor er sich einige Hände voll ins Gesicht schwappte. Als er in den Spiegel blickte, erschrak er über sein Aussehen. Er war leichenblass. An die Wand gelehnt und tief durchatmend wartete er noch einige Minuten, bevor er zurück ins Labor ging.

Als Julia und Stefan wieder im Auto saßen, legte Julia los: „Berger hat Dreck am Stecken, da bin ich mir sicher! Der lügt uns an – er hat was gewusst, das ist so sicher wie das Amen in der Kirche. Dafür lege ich meine Hand ins Feuer. Ich werde die Akte Mara Berger nochmal durcharbeiten. Vielleicht finden wir ja doch einen Hinweis. Möglicherweise war sie beim Arzt wegen Depressionen. Irgendwas muss sich doch finden lassen."
Stefan drehte den Zündschlüssel im Schloss und ließ den Wagen langsam vom Parkplatz rollen.
„Ja, ich hab auch das Gefühl, dass da irgendwas nicht ganz koscher ist. Außerdem würde ich mir gern noch mal Jensens Wohnung ansehen."
„Einverstanden – fahren wir gleich hin", antwortete Julia.

Sie waren zwar gestern schon einmal kurz in der Wohnung am Bodenseering gewesen, hatten da ja aber noch gedacht, sie hätten den Mörder bereits gefasst. Entsprechend kurz war der Abstecher ausgefallen. Diesmal würden sie sich ganz genau umsehen und nicht nur so offensichtliches wie das Notizbuch registrieren.
Im Flur trafen sie auf den Hausmeister, der kopfschüttelnd auf die versiegelte Wohnungstür deutete.

„Schlimm ist das. Und alles nur wegen eines dummen Zufalls ... Schlimm, wenn das Leben von solchen Kleinigkeiten abhängt.“
Julia blieb stehen und zückte ihren Ausweis. „Wie meinen Sie das?“, fragte sie verwundert. Der Hausmeister schaute sie mit einem müden, frustrierten Blick an. „Ach, Sie sind von der Polizei. Na, das Warmwasser meine ich. Mit der Heizung hat was nicht gestimmt, das Wasser war kalt, im ganzen Haus. Herr Jensen hat mir deswegen Bescheid gegeben und das gemeldet. Einige andere Bewohner auch. Dann hab ich den Installateur angerufen und wollte einen Termin ausmachen. Aber der hatte schon was anderes und konnte erst am Nachmittag kommen. *Kein Problem*, hat der Herr Jensen gesagt. *Ich kann ja auch im Eisstadion duschen. Einmal geht das schon.* Hätte ich doch bloß noch bei einer anderen Firma gefragt, dann würde er jetzt vielleicht noch leben. So ein junger Mensch, das ganze Leben noch vor sich.“ Er wischte sich schnell und verschämt mit dem Handrücken über die Augen, drehte sich weg und verschwand im Keller. Julia und Stefan wechselten einen kurzen Blick.
„Wieder eine offene Frage geklärt ...“, murmelte Stefan.
„Ja. Aber wer hat sonst noch davon gewusst? Eigentlich nur Lisa. Und die hatte zur Tatzeit wahrlich andere Probleme. Vielleicht sollten wir den Hausmeister mal fragen, was er zur fraglichen Zeit gemacht hat.“
Stefan seufzte. „Nach dem, was wir bisher über Jensens Frauengeschichten wissen, würde es mich nicht mal wundern, wenn die Frau des Hausmeisters oder

am Ende gar die des Installateurs auch auf seiner Liste zu finden wäre. Komm, wir schauen in die Wohnung."
Viel fanden sie jedoch nicht. Jensens Wohnung war nur sparsam möbliert, und offenbar war er ein äußerst ordentlicher Mensch gewesen. Nichts deutete mehr darauf hin, dass Lisa die Nacht vor seiner Ermordung bei ihm verbracht hatte: Das Bett war sorgfältig gemacht und die Spülmaschine hatte das Frühstücksgeschirr bereits frisch gesäubert. Im Wohnzimmer standen eine schwarze Couch, eine schwarz-weiße Schrankwand und ein gläserner Couchtisch, auf dem eine aufgeschlagene Eishockeyzeitschrift lag. An der Wand hing ein riesiger Flachbildfernseher. Die komplette Wohnung sah aus wie aus einem Möbelhauskatalog. Sie fanden nirgends auch nur den kleinsten Hinweis, der ihnen weiter half. Schließlich gaben sie ihre Suche auf. Julia nahm die Zeitschrift und grinste.
„Du, die nehme ich mal mit und ackere sie durch. Vielleicht hab ich ja dann etwas mehr Ahnung von Eishockey."
Stefan grinste ebenfalls. „Ich schätze mal, Jan Keller würde dir mit Vergnügen alles erklären."
Julia schlug lachend mit der Zeitung nach ihm. „Los, komm jetzt – wir haben noch genug zu tun. Strasser packt vermutlich schon seine Koffer für die Heimreise."
Als sie schon im Hinausgehen waren, blieb Julia plötzlich an der Wohnungstür stehen. „Schau mal, das war wohl sein früherer Verein, oder?"
Ein gerahmtes Mannschaftsfoto mit der Aufschrift „Erding Gladiators 2008/2009" hing an der Wand. Jensen war nicht zu übersehen. Eine Torhüterin saß in der Mitte der Bank, rechts und links von ihr noch zwei Goalies. Jensen war derjenige, der besser aussah und

den Arm um das Mädchen neben sich gelegt hatte. Wobei es nicht so aussah, als wäre ihr das wirklich recht, wie Julia nach intensiver Betrachtung bemerkte.
„Na, dass der auf viele Frauen gewirkt hat, kann ich mir gut vorstellen“, meinte sie schließlich. „Auf seine Teamkollegin allerdings wohl nicht, ihrem genervten Blick nach zu urteilen.“
„Das sind die Schlimmsten: Die gut aussehen und es auch wissen. Würde mich nicht wundern, wenn diese Tatsache Jensen letztendlich das Genick gebrochen hat“, brummte Stefan, und Julia zeigte den Anflug eines Lächelns.
„Die Schläfe, nicht das Genick“, verbesserte sie ihn.
„Wie hat Ortung gesagt – du sollst die Ironie lassen, oder?“, konterte Stefan.

***

„Schau mal – wir haben sogar schon eine Genehmigung von Maras Mutter in der Akte!“, rief Julia zufrieden. Stefan kam an ihren Schreibtisch und schaute ihr über die Schulter. Tatsächlich: Säuberlich abgeheftet die Erklärung von Frau Berger, dass Maras Arzt für die Ermittlungen von seiner Schweigepflicht entbunden sei.
„Prima, damit sind wir auf der sicheren Seite. Ich kann mir nämlich nicht vorstellen, dass Frau Berger uns aktuell helfen würde.“
Julia seufzte. „Warum auch? Damit wir ihren Sohn als Mörder überführen können? Sie hat schon ihre Tochter verloren. Umso besser, dass wir das Teil bereits in der Akte haben. Ich kann mich erinnern, dass wir damals von der Befragung des Arztes abgesehen haben, weil

der Abschiedsbrief letztendlich so eindeutig war. Sogar Strasser hat gesagt, dass wir die Akte schließen können."
Sie blätterte weiter. „Hier steht, ihr Hausarzt war Doktor Fischer in der Badstraße. Wie sieht's aus – hast du in diesem Quartal schon deine 10 Euro bezahlt?"

Wenig später standen die beiden in Dr. Fischers Praxis. Eine Arzthelferin, der sie ihre Dienstausweise zeigten, wurde ziemlich nervös und führte sie sofort in ein leeres Behandlungszimmer. „Hat Doktor Fischer etwas angestellt?", fragte sie besorgt. Julia musste lächeln. Es war offensichtlich, dass das Mädchen sich Sorgen um seinen Arbeitsplatz machte. „Nein, keine Angst. Wir sind wegen einer ehemaligen Patientin hier. Mara Berger. Sie hat sich im Mai das Leben genommen."
Das Mädchen nickte traurig. „Ja, ich erinnere mich an sie. Das war so schrecklich – was ist wohl in ihr vorgegangen, dass sie so etwas gemacht hat?"
„Genau das versuchen wir herauszufinden."
„Oh ..., aber ist das nicht ein bisschen spät?"
Bei dieser Frage wurde die Arzthelferin ein wenig rot, und Julia lächelte wieder. Die Kleine war ihr sympathisch.
„Na ja, es haben sich neue Erkenntnisse ergeben, und jetzt haken wir genauer nach. Kannten Sie Mara näher?"
„Nein, nur flüchtig, eben aus der Praxis. In den letzten Monaten vor ihrem Tod war sie nicht sehr oft hier. Aber am besten hole ich Ihnen den Chef, der kann mit Sicherheit mehr erzählen als ich."

Damit huschte sie fast lautlos davon. Die beiden Ermittler setzten sich einstweilen, um auf Doktor Fischer zu warten.

„Maralena Berger – ja. Ich weiß natürlich, wen Sie meinen.“ Der untersetzte, grauhaarige Arzt sah gedankenverloren zum Fenster hinaus.
„Bedauerlich, das Ganze. So ein hübsches junges Mädchen, und verschwendet ihr Leben derartig ...“
Julia wartete, ob er noch etwas sagen würde, aber Dr. Fischer schwieg. Schließlich räusperte sie sich und er schüttelte traurig den Kopf.
„Haben Sie eine Ahnung, warum sie sich umgebracht hat?“, fragte Julia leise.
Dr. Fischer überlegte, dann verneinte er. „Sie war nicht krank, war nicht in psychotherapeutischer Behandlung – ein ganz normales Mädchen, zumindest nach außen hin. Nein, ich wüsste keinen Grund.“
„Im letzten halben Jahr vor ihrem Tod – war sie da öfter hier als vorher?“, wollte Julia wissen.
„Augenblick!“ – Dr. Fischer setzte sich an seinen PC und tippte auf der Tastatur herum. „Nein. Im November wollte sie eine Überweisung zum Frauenarzt. Im Januar hatte sie sich eine Grippe eingefangen. Im März war es der Noro-Virus und im April Verspannungen im HWS-Bereich. Vielleicht war das stressbedingt, seelische Belastungen schlagen ja oft auf den Rücken.“
Julia wurde das Gefühl nicht los, in einer Sackgasse gelandet zu sein. Ihre Hoffnung, hier mehr über Mara Berger zu erfahren, sank mit jedem Augenblick. Sie ärgerte sich, da sie felsenfest davon überzeugt war, dass Maras Bruder irgendetwas verheimlichte, dass er etwas mit Jensens Tod zu tun hatte.

Schließlich stellte sie dem Arzt doch noch eine Frage. „Wissen Sie, wer Frau Bergers Frauenarzt war?“, wollte sie wissen.
Fischer werkelte abermals an seinem PC herum. Dann zog sich ein Lächeln über sein Gesicht und er schaute hoch. „Wenn sie ihren Arzt nicht gewechselt hat, dann war sie bei Frau Dr. Grün am Wittelsbacher Ring. Zumindest stammt der Bericht, den ich von der Krebsvorsorgeuntersuchung im letzten Juli bekommen habe, von ihr.“
Julia stutzte kurz. „War Mara denn in regelmäßiger frauenärztlicher Behandlung?“
Wieder klapperte die Tastatur. „Nein, eigentlich ging sie nur einmal jährlich zur Vorsorge.“
„Hmmm ...“ Julia zog die Augenbrauen hoch. „Vielleicht konnten Sie uns ja doch weiterhelfen. Vielen Dank!“

Als sie wieder im Auto saßen, schaute Julia Stefan erwartungsvoll an.
„Und – was meinst du? Im Oktober lässt sie sich mit Jensen ein, und im November will sie plötzlich außer der Reihe eine Überweisung. Da bin ich jetzt aber mal gespannt!“
Stefan zuckte nur die Schultern. „Wir wissen doch gar nicht, mit wem sie sich sonst noch eingelassen hat. Am Ende führte sie ein ähnlich lockeres Leben wie Jensen. Du weißt doch: Gleich und Gleich gesellt sich gern“, antwortete er.

Doch diese Vermutung sollte von der Frauenärztin nicht bestätigt werden. Frau Dr. Grün, eine rundliche Frau mit sehr sympathischer, mütterlicher Ausstrah-

lung, konnte sich ebenfalls noch genau an Mara Berger erinnern.
„Das arme Ding! Sie war im November bei mir, völlig aufgelöst. Schwanger von einem Kerl, der sie offenbar nur für ein kurzes Techtelmechtel ins Bett gezogen hat. Sie dagegen war bis über beide Ohren in ihn verliebt. Eigentlich wollte sie sein Kind austragen, weil es ja von ihm war, von ihrer großen Liebe. Aber sie hatte solche Panik, es nicht allein zu schaffen. Ich hatte damals das Gefühl, mit meinen Worten gar nicht bis zu ihr durchzudringen. Dabei hab ich auf sie eingeredet wie auf einen kranken Gaul. Sie saß fast eine dreiviertel Stunde in meinem Sprechzimmer. Ich denke mal, ich war überhaupt die Einzige, der sie sich anvertraut hat. Außer den Leuten von der Beratungsstelle. Aber das Gespräch mit denen hat wohl auch nichts an ihrer Panik geändert. Jedenfalls ließ sie dann abtreiben. Und hinterher ging es ihr noch schlimmer als vorher. Sie fühlte sich als Mörderin. Meinen Vorschlag, zu einem Psychologen zu gehen, hat sie jedoch kategorisch abgelehnt. *Damit muss ich alleine fertig werden, das ist meine Sache!*, hat sie gesagt. Alles gute Zureden hat nichts genützt. Und im Mai hab ich in der Zeitung gelesen, dass sie sich umgebracht hat. Hätte sie sich doch nur helfen lassen ...“
Die beiden Ermittler starrten die Ärztin verblüfft an.
„Sie meinen, Mara hat sich umgebracht, weil sie mit der Abtreibung nicht klargekommen ist?“, fragte Stefan.
Dr. Grün nickte. „Mit Sicherheit kann ich das natürlich nicht sagen. Schließlich habe ich sie seit Dezember nicht mehr gesehen. Aber damals erschien sie mir schon extrem labil. Gut möglich, dass sie ohne psycho-

therapeutische Hilfe letztlich an ihren Schuldgefühlen zerbrochen ist."

Nachdenklich fuhren Julia und Stefan zurück in ihr Büro.
„Ist das nicht schrecklich? Nach außen hin das fröhliche, aufgeweckte Mädchen spielen und innerlich zerfressen werden vom Bewusstsein, eine Mörderin zu sein ...", seufzte Julia, als sie über den langen Gang des K1 liefen.
Ihr Kollege, Walter Bauer, unterbrach ihre düsteren Gedanken, als er aufgeregt auf sie zukam. „Gut, dass ihr endlich hier seid! Das vergewaltigte Mädchen, Lisa Bayer, hat schon zweimal angerufen und nach dir gefragt, Julia. Ihr ist noch etwas Wichtiges eingefallen, und sie möchte ihre Aussage ergänzen. Sie fragt, ob du zu ihr ins Klinikum kommen kannst. Und zum Kuckuck, lass nicht ständig dein Handy auf dem Schreibtisch liegen!"
Julia wurde rot, zögerte aber keinen Augenblick. Stefan warf ihr den Autoschlüssel zu und erklärte mit einem leisen gespielten Seufzer: „Ich schätze mal, es kommt nicht so gut, wenn ich dabei bin. Dann werde ich schon mal den Bericht über die Ärzte schreiben. Bis später!" Er zwinkerte Julia zu und ging weiter zu seinem Büro, während die Kommissarin mit schnellen Schritten auf ihr Dienstfahrzeug zulief.

Keine zehn Minuten später hielt sie bereits vor dem Klinikum und eilte zur Information. Dort versicherte sie sich, dass Lisa noch im gleichen Zimmer lag, bevor sie auf die Station ging.

Auf ihr energisches Klopfen hin erklang ein leises, fast gequältes „Herein“, und als Julia die Schiebetür aufdrückte, lächelte Lisa ihr blass, schmal und mit einigen Blutergüssen im Gesicht entgegen. Julia erschrak über ihr Aussehen – offenbar ging es ihr heute wesentlich schlechter.
„Hallo Lisa!“, begrüßte Julia sie betont fröhlich und schob die Tür wieder zu. Das zweite Bett im Zimmer war nicht belegt, sodass sie sich in Ruhe unterhalten konnten.
„Schön, dass Sie kommen konnten“, murmelte Lisa und zeigte auf einen gepolsterten Stuhl. „Setzen Sie sich doch. Ich muss noch etwas loswerden. Es ist mir erst heute Vormittag wieder eingefallen. Vielleicht hilft es Ihnen bei der Suche nach dem Mörder von Markus weiter.“
Julia rückte den Stuhl nahe an Lisas Bett und setzte sich hin. „Und was ist Ihnen eingefallen?“, fragte sie interessiert.
Lisas Gesicht wurde zu einer schmerzverzerrten Grimasse, als sie sich aufrechter ins Bett setzte. „Wissen Sie, an dem Abend, als ich vor Hannes weggelaufen bin ..., als er mich zum ersten Mal geschlagen hat, da habe ich im Eisstadion auf Markus gewartet. Vor der Kabinentür. Und da ist ein anderer Spieler herausgekommen und hat zu mir gesagt, ich solle mich von Markus fernhalten. Er wäre nicht gut für mich.“ Sie verstummte und schaute auf ihre Hände, die ebenfalls an einigen Stellen violett, gelb und grünlich verfärbt waren.
„Und dann?“, hakte Julia leise nach.
Es dauerte einige Sekunden, bis Lisa weitersprach: „Irgendwie klang das fast wie eine Drohung. Jedenfalls

sagte ich ihm, das ginge ihn ja wohl nichts an. Und er antwortete: *Doch, mehr als du denkst!*“

Julia runzelte überrascht die Stirn. „Würden Sie den Mann wiedererkennen, wenn ich Ihnen ein Mannschaftsfoto zeige?“, fragte sie. Lisa nickte.

„Okay. Sie haben uns wohl wirklich weitergeholfen. Ich komme später noch einmal mit dem Foto vorbei und dann werden wir weitersehen. Wissen Sie schon, wann Sie wieder nach Hause dürfen?“

Lisa nickte wieder. „Ja. Morgen Mittag. Ich werde erst mal für einige Tage zu Mirjam ziehen. Klingt vielleicht blöd, aber allein in meiner Wohnung hätte ich Angst.“

„Kann ich gut verstehen,“ erwiderte Julia und lächelte Lisa aufmunternd zu. „Vielleicht kann Mirjam dann auch noch für ein paar Tage mit zu Ihnen kommen.“

Kapitel zehn

Stefan, der am Eingang des Klinikums auf Julia gewartet hatte, kam ihr erwartungsvoll entgegen, als sie mit schnellen Schritten die Eingangshalle durchquerte.
„Und?“, fragte er und schaute sie gespannt an.
Julia grinste breit und wedelte mit dem Mannschaftsfoto vor seiner Nase herum.
„Hol schon mal den Wagen, Harry!“, scherzte sie.
Stefan hielt sie am Handgelenk fest und deutete auf das Foto. „Wer war es?“
Sie gingen hinaus ins Sonnenlicht, vorbei an den Rauchern, die sich wie immer vor dem Haupteingang versammelt hatten, um ihrem Laster zu frönen. Julia sah sich kurz um, und als sie sicher war, weit genug von allen neugierigen Ohren entfernt zu sein, antwortete sie endlich.
„Volltreffer! Wie hat Lisa so schön gesagt – diese unheimlichen schwarzen Augen kann man gar nicht vergessen.“
„Adrian Berger?“
„Bingo! Passt doch zu dem Bild, das wir von ihm haben, oder nicht? Er verheimlicht uns etwas. Und ich würde zu gerne von ihm erfahren, was das ist. Ob er noch auf der Arbeit ist oder schon daheim – was meinst du?“
Stefan zückte sein Handy. „Ein Anruf, und wir wissen es.“

***

2:58 Uhr. Ich glaub's nicht! Verdammter Mist! Wieder wach! Und wieder ist Jensen da … Du Scheiß-

kerl! Du bist tot! Du hast hier nichts mehr verloren! Nicht mehr, nicht in meinem Leben ..., nicht in meinen Nächten ... Schau mich nicht so an! Ich würd's wieder tun, weißt du? Aber dann richtig, damit du lange leidest. So wie ich. Du hast es verdient! Du bist immer über Leichen gegangen ... Ich weiß nur immer noch nicht, wie du damit leben konntest ...

Adrian Berger hatte sich freigenommen. Seit die beiden ermittelnden Beamten gestern bei der BAT aufgetaucht waren, bekam er das Summen überhaupt nicht mehr aus seinem Kopf. Im Gegenteil: Nun hörte er, immer deutlicher, zusätzlich noch Maras Stimme, die ihm etwas zuflüsterte. Den genauen Wortlaut konnte er zwar nicht verstehen, trotzdem klang irgendwie heraus, dass seine Schwester ihm etwas sagen wollte. Und, dass sie ziemlich sauer war.
Wie auch immer – er wollte, dass das aufhörte. Deswegen hatte er beschlossen, einen Tag Urlaub zu nehmen und ausgiebig zu laufen. Entweder brachte die darauf folgende Erschöpfung Mara zum Schweigen, oder er konnte ihre Worte irgendwann verstehen.
Adrian war sich nicht sicher, was ihm lieber wäre. Also spurtete er einfach los. Raus aus seiner Wohnung in der Gravenreuther Straße und ab in Richtung Volksfestplatz. Eigentlich hatte er vorgehabt, durch den Hofgarten zum Röhrensee zu laufen, vorbei an den Tiergehegen, quer durch den Studentenwald und zum Südfriedhof. Zu Maras Grab. Unterwegs merkte er, wie dumm diese Idee war: Direkt an Maras ehemaliger Wohnung vorbei, verdammt nahe am Eisstadion – kein Wunder, dass seine Gedanken sofort wieder um Mara und diesen Scheißkerl Jensen zu kreisen begannen. Als

er den Hofgarten hinter sich gelassen hatte, klang das Zischeln und Summen wie ein wild gewordener Hornissenschwarm. Die Tiergehege wenig später nahm er überhaupt nicht mehr wahr. Und während er viel zu schnell durch den Studentenwald lief, rief Mara ständig seinen Namen, schrill und wütend. Wie gehetzt rannte er weiter. Als er an Maras Urnengrab ankam, hatte er sich derartig verausgabt, dass er völlig erschöpft zu Boden fiel und sich auf dem kurzgeschorenen Rasenweg übergab.

Eine alte Frau ließ vor Entsetzen die leere Gießkanne fallen, die sie gerade aufräumen wollte, und schüttelte missbilligend den Kopf. „Unverschämt! Die jungen Leute haben gar keinen Respekt mehr!“, krächzte sie, hob die Gießkanne wieder auf und ging davon, ohne Adrian auch nur eines Blickes zu würdigen. Auf die Idee, dem leichenblassen, hustenden und keuchenden jungen Mann ihre Hilfe anzubieten, kam sie nicht.

Adrian hatte sie überhaupt nicht wahrgenommen. Das Blut rauschte ihm in den Ohren. Endlich hatte er es geschafft, so an seine Grenzen zu gehen, dass er keinen Gedanken mehr an Maras Tod hatte. Er schwebte einige Zentimeter über dem Boden, dachte nichts, fühlte nichts, sah und hörte nichts. Kein Zischeln, keine Stimmen. Dessen war er sich allerdings im Augenblick gar nicht bewusst. Er hätte auch nicht sagen können, wie lange dieser unwirkliche Zustand anhielt. Aber irgendwann merkte er, dass er noch atmete, dass er im Gras lag, zusammengerollt wie ein kleines Kind. Ihm wurde bewusst, dass er schluchzte und seine rechte Hand offenbar auf einem Ameisenhaufen lag. Er versuchte, die Tierchen abzuschütteln, doch einige bissen ihn wütend zwischen die Finger und in den Handrü-

cken. Das schmerzhafte Brennen holte ihn endgültig ins Hier und Jetzt zurück, und er setzte sich fluchend auf. Als sein Blick auf Maras Grabstein fiel, verstummte er, unsicher und schuldbewusst. Ein angewelkter Blumenstrauß erinnerte ihn daran, dass er in letzter Zeit nicht allzu oft hierher gekommen war. Seine Mutter kam sowieso nicht. Sie hatte den Südfriedhof seit der Urnenbeisetzung nicht mehr betreten. „Was soll ich dort? Da ist sie nicht!“, pflegte sie zu sagen, wenn er ihr Vorwürfe deswegen machte.
Adrian dachte ganz anders darüber als seine Mutter. An Maras Grab war ihre Nähe für ihn fast greifbar. Hier hatte er oft wirklich das Gefühl, sie wäre noch am Leben. Fast täglich war er hierher gekommen, im schmerzhaften Spagat zwischen vergessen wollen und erinnern müssen. Seit das Eistraining wieder begonnen hatte, fehlte ihm die Zeit dazu und er fragte sich, ob das, was gerade geschah, die Strafe dafür war.
„Mara ...“, flüsterte er und griff nach dem Strauß, um ihn wegzuräumen.
„Ad, lass das!“, erklang ihre Stimme klar und deutlich, ohne das geringste Zischen. Verwirrt zog er die Hand zurück.
„Mara – ich kann dich hören“, stammelte er und schaute verstört umher, so als könne seine Schwester jeden Augenblick hinter einem Grabstein hervortreten.
„Ad, warum hast du das getan?“, wimmerte es in seinem Schädel.
„Mara, was? Was soll ich getan haben?“
„Markus ist tot. Ich war mir so sicher, dass du ihm verzeihen kannst, wenn ich dich darum bitte. Stattdessen hast du ihn geradewegs umgebracht. Jetzt habe ich schon zwei Leben auf dem Gewissen ...“

Die Worte gingen in verzweifeltes Schluchzen über und Adrian schüttelte entsetzt den Kopf.
„Mara, nein! Du hast ihn nicht auf dem Gewissen! Und ich auch nicht. Er hat einfach bekommen, was er verdient hat.“
Aber die Stimme ließ sich nicht beschwichtigen.
„Ich habe dir vertraut, und du hast mich verraten. Wie Markus. Ich habe euch beide geliebt. Doch ihr habt euch alle beide einen Dreck darum gekümmert. Wie kannst du nur denken, etwas Besseres zu sein als Markus? Scher dich zum Teufel!“
Aus dem Schluchzen wurde ein zischelndes Summen, und urplötzlich herrschte Stille in Adrians Kopf. Er schlug sich mit der flachen Hand aufs Ohr, doch Maras Stimme war verstummt. Wie ein verletztes Tier heulte er auf und schrie mehrmals Maras Namen. Womit er eine weitere Friedhofsbesucherin älteren Semesters verschreckte, die eilends in Richtung Verwaltungsgebäude verschwand.

Schließlich realisierte Adrian, dass Maras Stimme wirklich verschwunden war. Er rappelte sich auf. Als sein Blick auf den Haufen Erbrochenes fiel, lief er schuldbewusst zum nächsten Brunnen, füllte zwei Gießkannen mit Wasser und versuchte, sein Frühstück wegzuspülen. Natürlich verteilte er so nur alles großflächig im Gras. Peinlich berührt nahm er den vertrockneten Blumenstrauß vom Grab, räumte die Gießkannen weg und klatschte sich am Brunnen so viel Wasser ins Gesicht, dass er sich wenigstens sauber und etwas besser fühlte.
Er wollte den Friedhof gerade verlassen, als er eine Hand auf der linken Schulter spürte. Adrian fuhr he-

rum und begegnete dem besorgten Blick eines Mitarbeiters der Friedhofsverwaltung.
„Entschuldigung, aber ist bei Ihnen alles in Ordnung?"
Wütend schüttelte Adrian die Hand ab. „Natürlich, was sollte denn sein?", fauchte er.
Sein Gegenüber lächelte verlegen. „Nun, eine Besucherin hat gesagt, Sie hätten geschrien und getobt. Ich wollte nur nachfragen ..."
Adrian nickte kurz und drehte sich grußlos weg.
Er hörte noch einige Worte von Schmerz und Verlust, aber es interessierte ihn nicht.
Vielmehr nahm er seinen Weg wieder auf. In flottem Trab lief er den Saaser Berg hinauf, über die Ebene in Richtung Buchstein, dahin, wo Mara sich vor einigen Monaten das Leben genommen hatte.
Dort irrte er eine Zeit lang zwischen den Sandsteinfelsen umher, immer wieder Maras Namen rufend. Aber auch hier bekam er keine Antwort mehr. Schuldgefühle überfielen ihn: Markus war tot, und er selbst hatte dadurch Maras Vertrauen verloren, ohne zu wissen warum überhaupt. Wenn ein Kerl wie Jensen nicht eine gerechte Strafe verdient hatte, wer dann? Und warum sollte er dabei nicht Genugtuung empfinden? War das so falsch? Nach einiger Zeit gab Adrian die wirre Suche nach Mara und ihrer Vergebung auf und torkelte zum Weg zurück.
Als er die Felsbuckel hinter sich gelassen hatte, wurde er etwas ruhiger. Seine Füße fanden wieder den gewohnten Takt und er trabte über Meyernberg und Roten Hügel quer durch die Mainauen zurück in Richtung Festspielhaus.

Es war schon längst Nachmittag geworden, als er endlich wieder bei seiner Wohnung ankam. Er hatte die Stadt tatsächlich beinahe umrundet. Während er noch mit zitternder Hand die Haustür aufschloss, klappten am Straßenrand zwei Autotüren und die Stimme dieser Kommissarin hielt ihn zurück. „Herr Berger, einen Moment bitte!"
Adrian drehte sich um und schaute Julia ins Gesicht – nein, er schaute durch sie hindurch. Sie fuhr zurück, als sie ihn genauer ansah: Die blasse Haut spannte wie nasses Pergament über seinem Schädel, die schwarzen Haare hingen ihm klatschnass und strähnig ins Gesicht. Unter den tief in ihren Höhlen liegenden Augen hingen dunkelviolette Augenringe, wie verwischtes Make-up einer irren Disney-Hexe. Sein feuchtes T-Shirt zeigte Flecken und Schweißränder und überhaupt stank Berger erbärmlich nach saurem Schweiß.
Julia holte tief Luft, fasste sich und fragte leise: „Herr Berger, ist alles in Ordnung mit Ihnen?"
Adrian lachte freudlos auf und stieß die Haustür auf, ohne auf ihre Frage einzugehen. „Kommen Sie rein."
Er lief vor Julia und Stefan die Treppe hoch in den ersten Stock, langsam, angespannt, mit schmerzenden Beinen. An seiner Wohnungstür drehte er sich um und sah Julia forschend ins Gesicht.
„Worum geht es denn?"
„Wir haben noch einige Fragen zu Ihrer Schwester Maralena."
Wieder dieses freudlose Lachen. Adrian ging voraus in die Küche, holte eine Flasche Mineralwasser und setzte sich an den Tisch. Die beiden Beamten warteten, bis er getrunken hatte. Mit einer wütenden Bewegung warf er die leere Flasche schließlich auf den Küchentisch

und scheuchte damit eine dicke Fliege auf, die in der vom Frühstück übrig gebliebenen Müslischale herumgekrabbelt war.
Adrian stellte das Geschirr in die Spüle und machte eine auffordernde Handbewegung.
„Bitte. Setzen Sie sich.“ Sein Blick wanderte zum Fenster und verlor sich irgendwo draußen. „Mara. Die hab ich heute verloren ...“, flüsterte er schließlich.
Julia und Stefan tauschten einen kurzen Blick, bevor Julia antwortete. „Herr Berger – Ihre Schwester ist seit Mai tot.“
Er nickte abwesend, woraufhin sie weitersprach: „Heute haben wir den 2. September.“
Erneut nickte er, und Julia holte tief Luft.
„Adrian, wir haben herausgefunden, dass Maralena schwanger war. Von Markus Jensen. Und sie hat das Kind abtreiben lassen. Wie wäre es, wenn Sie uns einfach endlich die Wahrheit erzählen würden?“
Sie legte ihm sachte die Hand auf den Unterarm. Offenbar merkte er jedoch nicht einmal das.
Er sah einfach durch sie hindurch, als er fragte: „Würde es Ihnen etwas ausmachen, einige Minuten zu warten? Ich möchte gerne zuerst duschen.“
Wieder ein schneller Blickwechsel zwischen Julia und Stefan, dann nickte Julia zustimmend. „Ja, machen Sie nur.“

Als man das Rauschen der Dusche hören konnte, fragte sie leise: „Stefan, was meinst du? Könnte er sich etwas antun?“
Stefan seufzte. „Schwer zu sagen. Seine Schwester hat es getan, und er ist ziemlich durch den Wind. Aber irgendwie kann ich es mir eigentlich nicht vorstellen.

Und auch nicht, dass er Jensen getötet haben soll. Andererseits ist es offensichtlich, dass er Dreck am Stecken hat und irgendwas weiß, das er nicht verrät. Ich bin ziemlich gespannt darauf."
„Falls er es überhaupt rauslässt. Was wollen wir machen? Wir haben nichts, womit wir ihn festnageln könnten."

Sie warteten schweigend, bis Adrian Berger, barfuß und in Jeans, wieder in die Küche kam. Beim Hereinkommen zog er sich ein T-Shirt über den braungebrannten Oberkörper. Julia registrierte irritiert den krassen Gegensatz zu seinem blassen, hohlwangigen Gesicht und zog die Augenbrauen kurz hoch. Stefan, der diese Reaktion vollkommen falsch deutete, verkniff sich ein Grinsen.
„So, jetzt stehe ich Ihnen zur Verfügung."
Berger klang bedeutend besser als vor zehn Minuten. Er ließ sich betont schwungvoll auf einen Stuhl fallen. Offensichtlich hatte er keine Zeit fürs Abtrocknen verschwendet, denn auf seinen Armen und in den schwarzen Locken glitzerten Wassertropfen wie winzige Diamanten. Julia nahm einen angenehm herben Zitrusduft wahr, der Bergers erfrischtes Aussehen noch unterstrich.
„In Ordnung, Herr Berger. Wie gesagt, es geht um Ihre Schwester Maralena. Wir haben herausgefunden, dass sie schwanger war. Von Ihrem ermordeten Teamkollegen Markus Jensen. Sie ließ abtreiben, womit sie offensichtlich nicht fertig wurde. Wussten Sie etwas davon?"
Berger schwieg und beobachtete die dicke Fliege, die suchend über den Küchentisch lief. Schließlich hob er

ruckartig den Kopf und starrte Julia mit verlorenem, resigniertem Blick an. „Ich werde Ihnen alles erzählen, was ich weiß. Und dann sagen Sie mir bitte, was ich mitnehmen darf ..."

Diesmal war es Stefan, der die Augenbrauen hochzog. „Heißt das, Sie haben Jensen umgebracht?"

Berger lachte böse. „Das heißt, Sie werden niemanden finden, der ein besseres Motiv dafür hat. Sogar Mara glaubt, dass ich es getan habe."

„Mara?", fragte Julia überrascht.

„Lassen Sie mich von vorn beginnen … Ich hatte die ganze Zeit über nicht die geringste Ahnung, warum Mara sich umgebracht hat. Dieser beschissene, nichtssagende Abschiedsbrief – ihr Bullen wart damit zufrieden. Ich nicht. Ich dachte immer, wir hätten keine Geheimnisse voreinander, meine Schwester und ich. Und dann das ... Ich wusste nichts, gar nichts. Bis ich letzte Woche noch mal in ihrer Wohnung war, weil ich mir zwei, drei Erinnerungsstücke an Mara aussuchen und holen wollte. Da hab ich den zweiten Abschiedsbrief gefunden, den richtigen. Den für mich. Den, der Sinn gemacht hat."

Er stand auf und ging mit schweren Schritten nach nebenan, holte Maras Brief und legte ihn auf den Küchentisch. Julia und Stefan beugten sich über das Papier. Als Julia wieder aufsah und ihn fragend anschaute, zuckte Berger hilflos mit den Schultern.

„Vier Tage später war Jensen tot – passt doch super zusammen, oder?"

„Waren Sie es, Adrian? Haben Sie ihn erschlagen?"

Julia ärgerte sich über sich selbst. Da saß der Verdächtige, ein glasklares Motiv, kein Alibi. Und trotzdem

sträubte sich alles in ihr bei dem Gedanken, dass Berger der Mörder sein sollte.
Adrian redete verwirrt weiter. „Ich weiß es nicht. Ich kann mich nicht erinnern. Seit ich diesen Brief gefunden habe …, bis Jensen dann tot in der Kabine lag ... Das alles ist an mir vorbeigerauscht. Ich weiß noch, dass ich frei hatte. Aber auch nur, weil ich auf der Stempelkarte nachgesehen habe. Und ich war wohl beim Training, sonst hätte ich die nasse Blonde nicht dort gesehen."
„Die Sie bedroht haben", klinkte Stefan sich ins Gespräch ein.
„Bedroht? Nein – ich wollte sie warnen. Hat sie das als Drohung aufgefasst? Ich habe ihr gesagt, dass Jensen nicht gut für sie ist."
„Und ihn dann umgebracht?"
„Ja – nein – ich denke nicht ... Aber Mara, die glaubt es."
Stefan verdrehte genervt die Augen, doch Julia legte Berger wieder die Hand auf den Arm. Verwundert registrierte sie, dass er eiskalt war.
„Adrian, woher wissen Sie, dass Mara Sie für den Täter hält?", forschte sie nach, leise und einfühlsam.
Stefan stieß hörbar die Luft aus, und sie warf ihm einen warnenden Blick zu. Berger hatte davon nichts gemerkt – er starrte auf den Abschiedsbrief seiner Schwester.
„Sie werden mich einweisen lassen, wenn ich das erzähle. Knast oder HuPf, das ist dann die Frage ..." Er seufzte tief, sah dann auf und versuchte zu erklären: „Mara war in meinem Kopf. Immer wenn sie sauer war – also, als sie noch lebte - da hat sie so komisch gezischt, die Zähne zusammengepresst und die Luft dann raus-

gedrückt. Und seit sie tot ist, habe ich dieses Zischen in mir drin. Immer wenn ich an sie gedacht habe. Und in den letzten Tagen habe ich sogar ihre Stimme gehört, aber nicht verstanden, was sie mir sagen wollte. Bis heute. Ich war an ihrem Grab. Da hat sie mir vorgeworfen, ich hätte sie verraten und Jensen getötet. Seitdem ist sie weg ..."
Er biss sich auf die Lippen, bis Blut herausquoll.
„Weg?", knurrte Stefan fragend.
Berger nickte. „Nicht mehr in meinem Kopf. Ich bin allein. Seit heute Vormittag ..."
Er wirkte mit einem Mal müde und verzweifelt. „Und wenn Mara das sagt, dann muss es doch stimmen, oder nicht? Oder glauben Sie nicht, dass die Toten alles wissen? Alles sehen?"
Er wurde von lautlosen Schluchzern geschüttelt.
Julia strich ihm sanft über den Arm. „Adrian, ich glaube nicht, dass die Toten alles wissen. Ich glaube eher, dass Mara endlich ihre Ruhe gefunden hat. Aber – was denken Sie selbst? Haben Sie Jensen getötet? Könnten Sie das tun?"
Berger zuckte ratlos mit den Schultern. „Ich sagte doch schon, ich kann mich nicht erinnern. Aber ich war so voller Hass – wenn ich die Gelegenheit gehabt hätte, dann hätte ich es vielleicht getan. Nur nicht mit einer T´blade. Ich hätte ihn am liebsten vergiftet. Schön langsam und qualvoll. Also hatte Mara irgendwie doch recht, auch wenn ich nicht der Mörder sein sollte, oder?"
„Herr Berger" – Julia wurde wieder förmlicher – „Markus Jensen wurde nicht mit einer T´blade erschlagen."

Adrian schaute überrascht hoch. „Nicht? Aber das hatte es doch geheißen."
„Es sollte so aussehen als ob. Aber die Kufe wurde ihm nachträglich in die Wunde gesteckt. Die Tatwaffe war etwas anderes."

Als sich die beiden schließlich von Adrian Berger verabschiedeten, waren sie mit ihren Ermittlungen keinen Schritt weitergekommen. Julia drehte sich beim Auto noch einmal um und sah zu Bergers Wohnungsfenstern hinauf, wo Adrian stand und ihnen nachblickte. Sie nickte ihm zu, und er hob mit einer müden Bewegung grüßend die Hand. Schnell stieg sie ein und schloss mit einem energischen Ruck die Autotür.
„Der geht kaputt an dem Ganzen", seufzte sie. Stefan nickte zustimmend.
„Traurig, aber wahr. Was der Selbstmord seiner Schwester noch nicht ganz geschafft hat, erledigt jetzt wohl der Mord an Jensen. Berger ist ja völlig zerfressen von Schuldgefühlen. Viel fehlt nicht mehr und er dreht komplett durch."
„Ich wünschte, wir könnten ihm irgendwie helfen. Aber ich weiß nicht, wie. Für eine Festnahme haben wir nichts in der Hand. Für eine Einweisung ist er nicht genug durchgeknallt. Keine Androhung von Gewalttaten, keine Selbstmordankündigung. Und er hat ja selbst gesagt, dass er aktuell keinerlei Stimmen mehr hört. Am liebsten würde ich ihn zum Ausnüchtern mitnehmen. Aber er hatte keine Fahne, der war völlig nüchtern. Mist! Ich habe das ungute Gefühl, dass er sich doch noch was antut."
Julia starrte beunruhigt aus dem Seitenfenster. Die HuPf, so hatte Berger gesagt. So nannten etliche Bay-

reuther auch heute noch das Bezirkskrankenhaus, obwohl dieses schon seit Ewigkeiten nicht mehr Heil- und Pflegeanstalt hieß. Doch egal, wie man dazu sagte: Berger hatte dort wirklich nichts verloren. Sie hatten keinerlei Handhabe gegen ihn, die eine Einweisung gerechtfertigt hätte. Sie hoffte inständig, dass ihr Gefühl sie trog, aber die Sorge um Adrian Berger ließ sich nicht abschütteln. Auch Stefans beschwichtigende Worte halfen nichts. „Wir haben getan, was wir konnten. Du hast ihm ja wirklich eindringlich geraten, zu einem Psychotherapeuten zu gehen. Mehr können wir im Moment nicht tun, nur hoffen, dass er deinen Rat befolgt. Glaubst du seine Geschichte eigentlich?"
Julia nickte langsam. „Ja. Auch, dass er wirklich nicht weiß, ob er es war oder nicht. Aber unabhängig davon denke ich nicht, dass er der Mörder ist. Dazu hat er seine Schwester zu sehr geliebt. Es war ihr letzter Wunsch, dass er Jensen vergibt. Und ich kann mir nicht vorstellen, dass sich Berger wirklich darüber hinweggesetzt hat, egal wie sehr er Jensen gehasst haben muss."

Kapitel elf

Stefan fuhr ganz automatisch in die Seitenstraße beim Spiro und suchte nach einer Parklücke. „Ich schätze mal, du hast genauso viel Hunger wie ich. Und zufällig ist es grad kurz nach fünf", grinste er. Julia hatte rein gar nichts gegen seinen Vorschlag, und so bestellten sie sich in ihrer Stammkneipe etwas zu essen.
Während sie auf ihre Bestellung warteten, knüpfte Stefan an Julias Überlegungen von vorhin an.
„Mir ist es so vorgekommen, als ob Berger einfach nur von einem tierisch schlechten Gewissen geplagt wird, weil er Jensen die Pest an den Hals gewünscht hat. So, als hätte er ihn verflucht. Allein schon es sich ausgemalt zu haben, ist für ihn fast so schlimm wie der tatsächliche Mord."

Die Wirtin Rositta brachte Stefans Essen, wie immer schwungvoll und energiegeladen.
„Na?", fragte sie, als sie den dampfenden Teller abstellte. „Habt ihr euren Mörder gefangen?" Ein kurzer Blick von einem zum anderen, und sie kannte die Antwort. „Wie jetzt – überhaupt kein Verdächtiger? Das gibt´s doch nicht. Vielleicht hat der Kerl ein Doppelleben geführt? Der Torwart, meine ich."
Julia und Stefan mussten grinsen. „Verdächtige haben wir genug. Nur leider bisher keine Beweise. Dafür hieb- und stichfeste Alibis. Irgendwie übersehen wir scheinbar etwas."
Die Wirtin schüttelte energisch den Kopf. „In der Zeitung hat gestanden, dass der Kerl aus München ist. Wer weiß, was für eine Mafia hinter dem her war.

Vielleicht hat er ja sogar deswegen aus München weggemusst?“
Jetzt musste Julia herzlich lachen. „Jensen auf der Flucht? Und dann hat es ein Jahr gedauert, bis sie ihn gefunden haben? Wo doch ständig was im Nordbayerischen Kurier stand von seinen tollen Erfolgen bei den Tigers? Nein, das glaube ich nicht. Trotzdem muss uns bisher was entgangen sein, vielleicht nur eine Kleinigkeit ...“
Rositta hatte keine Zeit mehr für sie, denn soeben war ein Schwung neuer Gäste hereingekommen. Während sie die Leute begrüßte und deren Bestellungen aufnahm, murmelte Stefan düster: „Na, hoffentlich fällt uns die Kleinigkeit auf, bevor Strasser am Montag früh auf der Matte steht.“
Julia hatte sich nur eine Nachspeise bestellt. Als kurz darauf die Riesenportion Galaktobureko gebracht wurde, lächelte sie zufrieden.
„Da könnte ich mich reinlegen, einfach himmlisch!“, schwärmte Julia und machte sich über die dampfende Grießspeise her. Wie fast jedes Mal verbrannte sie sich beim ersten Bissen gleich die Zunge und legte mit einem unterdrückten Fluch die Gabel wieder zur Seite, um noch ein wenig zu warten. Schnell trank sie einen großen Schluck von ihrer kalten Apfelschorle.
„Stimmt, Strasser gibt es ja auch noch. Von mir aus kann er gern noch eine Woche Urlaub dranhängen. Mit Lindner ist es viel entspannter.“
Das war richtig. Staatsanwalt Strassers Urlaubsvertretung ließ ihnen freie Hand bei ihren Ermittlungen. Und im Gegensatz zu seinem hektischen Kollegen bombardierte Lindner auch niemanden mit Vorwürfen, wenn ein Mörder nach drei Tagen noch frei herumlief.

Julia probierte vorsichtig einen zweiten Bissen, nicht ohne vorher höchst undamenhaft über die Gabel gepustet zu haben. Das Dessert hatte jetzt genau die richtige Temperatur und sie kaute genießerisch.

Stefan nickte gedankenverloren. „Tja, wir haben ja noch den Freitag, um den Fall aufzuklären. Und im Zweifelsfall das ganze Wochenende. Aber wenn wir am Montag mit leeren Händen dastehen und Strasser auf der Bildfläche erscheint, dann gute Nacht!"

Sie aßen schweigend auf und beschlossen dann, noch einmal ins Büro zu fahren.

Dort angekommen stellten sie eine Übersicht mit allen Fakten zusammen. Doch sie steckten in einer Sackgasse. Julia schüttelte schließlich missmutig den Kopf. „Irgendwie ist das alles Mist. Wir haben den gehörnten Liebhaber Hannes Wienert mit dem klassischen Motiv Eifersucht. Aber leider auch mit einem hieb- und stichfesten Alibi. Also scheidet er als Täter aus.

Dann Adrian Berger. Völlig durchgeknallt. Er hasste Jensen wie die Pest. Dummerweise liebt er seine Schwester so sehr, dass er es wohl nicht übers Herz gebracht hätte, ihren letzten Wunsch zu ignorieren. Und Gedächtnislücken hin oder her – für mich scheidet er deshalb als Verdächtiger aus."

Sie klappte mit Schwung die Akte zu. Stefan fuhr resigniert den PC herunter. „Tja. Und das war´s dann auch schon mit unseren potentiellen Tätern. Dieses Torwart1/Torwart2-Geplänkel mit Henry Schwarz ist in meinen Augen kein Tatmotiv, das ist eher Kindergartenniveau. Und dein Trainer ..." – er überhörte geflissentlich Julias entrüstetes Schnaufen – „dein Trainer könnte, wenn wir ehrlich sind, keiner Fliege was zulei-

de tun. Dass er sich wegen der Affäre seiner Frau hat volllaufen lassen, das war vermutlich schon das Äußerste, was er machen würde."
Beide schickten sich an, das Büro zu verlassen. Im Flur sagte Julia mit deutlichem Bedauern und spürbarer Resignation in der Stimme: „Also haben wir den Mörder noch nicht ausfindig gemacht. Irgendwo da draußen läuft ein Kerl herum, der das Motiv hat, das wir noch nicht kennen. Und der Typ stammt definitiv aus der Eishockeyszene."
„Du meinst, wegen der T´blade?", fragte Stefan.
„Ja. Gerade wegen der T´blade. Wenn das Ding tatsächlich die Tatwaffe gewesen wäre, dann hätte jeder X-beliebige der Mörder sein können. Im Affekt erschlagen? Der Täter greift sich so ein Teil, weil es grad eben so in der Kabine rumliegt? Nein! Das war eine geplante Tat, und es muss jemand vom Fach gewesen sein, eben weil er die Kufe nachträglich in die Wunde gesteckt hat. Fast wie ein Ritualmord. Ich denke, die T´blade ist auf jeden Fall ein Symbol."
Stefan schaute Julia zweifelnd an. „Ein Symbol? Aber wofür?"
Sie lachte traurig. „Stefan, wenn wir das herausgefunden haben, dann haben wir vermutlich auch unseren Mörder. Ich wünsch dir einen schönen Feierabend!"

***

Julia starrte verblüfft auf die kleine Treppe vor ihrer Haustür. Die Autotür fiel mit einem leisen „*Klack!*" ins Schloss, allerdings vergaß sie abzuschließen. Langsam ging sie auf das Haus zu, wo Jan Keller mit Leo auf

dem Schoß auf der oberen Treppenstufe saß und sie freundlich anlächelte.
„Herr Keller? Sie?“, fragte sie verwirrt.
Jan schob Leo auf die Treppe und schraubte sich mit einer geschmeidigen Bewegung in den Stand hoch. „Meine Lieblingskommissarin – ich hab Sie heute beim Lauftraining am Buchstein vermisst. Warum waren Sie denn nicht dort?“
Julia spürte, wie sie bei der Erinnerung an das Desaster von vorgestern rot wurde. Ärgerlich hob sie den wie immer hungrig maunzenden Leo hoch und gab ihm ein paar Streicheleinheiten, bevor sie kurz angebunden antwortete: „Ich musste arbeiten. Abgesehen davon reicht mir eine sportliche Blamage pro Woche völlig aus.“
Jan zog die Augenbrauen nach oben. „He, warum so schnippisch?“
„Herr Keller, ich hatte einen anstrengenden Tag. Falls Sie sich erinnern können, läuft hier irgendwo ein Mörder frei herum, den ich festnageln muss. Also – was wollen Sie?“
Jan schaute Julia nachdenklich an. Ihr schroffes Verhalten hatte wie eine kalte Dusche gewirkt, und jetzt fragte er sich, ob er noch ganz bei Trost gewesen war, als er die Idee hatte, sie zu besuchen.
„Na ja. Wir hatten Lauftraining, und hinterher dachte ich, ich schau mal bei Ihnen vorbei und frage, wie Sie vorankommen. Vielleicht kann ich Ihnen ja doch irgendwie helfen.“
Wider Willen musste Julia lächeln.
„Okay, wenn das so ist, dann kommen Sie doch auf einen Sprung mit rein. Und du auch, Leo. Jetzt gibt´s Fressi!“

Sie schloss auf und wäre fast über den hungrigen Kater gestolpert, der partout als Erster in die Wohnung wollte und schnurrend zwischen ihren Füßen hindurchsauste, ab in Richtung Küche.

„Augenblick, ich muss nur schnell Leo füttern, sonst plärrt er uns pausenlos die Ohren voll."

Jan musste lachen. „Oh ja, er schaut auch schon ganz verhärmt aus!"

Julia stimmte in sein Lachen ein und öffnete eine Dose, deren Inhalt sie eilig in Leos Napf füllte. „Haben Sie denn schon gegessen?", fragte sie über das Rauschen des Wasserhahns hinweg, während sie sich die Hände wusch.

„Warum? Haben Sie etwa für mich auch eine Dose Kitekat?"

Verblüfft starrte sie den Trainer an und lachte dann wieder. „Ich hätte auch Whiskas. Nein, im Ernst: Darf ich Ihnen eine Kleinigkeit zu essen anbieten? Oder einen Kaffee? Bier habe ich nicht im Sortiment, aber Rotwein. Oder Cola ..."

Julia überlegte kurz, was sie auf die Schnelle zaubern könnte, aber Jan winkte ab.

„Nein, danke, höchstens einen Kaffee."

Sie nickte und setzte Kaffee auf. Jan schaute ihr zu, wie sie mit schnellen Bewegungen die Kaffeedose aus dem Schrank holte und das Pulver in den Filter löffelte. Schließlich schaltete sie die Kaffeemaschine ein und holte zwei Tassen.

„Milch?", fragte sie und hätte vor Schreck fast die Tassen fallen gelassen, als Jan antwortete: „Nein, nur heiß und süß wie die Liebe …"

Schnell drehte sie sich weg, damit er nicht sah, wie sie schon wieder rot wurde. Das durfte doch nicht wahr

sein – der flirtete mit ihr! Als Tatverdächtiger – wenn auch zugegebenermaßen keiner aus der ersten Reihe. Dafür ein extrem interessanter. Dreimal tief durchschnaufen … Dann drückte sie ihm mit einer energischen Bewegung die Zuckerdose in die Hand und ging voraus ins Wohnzimmer. Als Jan das Saxophon sah, blieb er überrascht stehen.
„Sie spielen Saxophon?“, fragte er wenig einfallsreich.
Julia nickte. „Wenn es Sie interessiert, sag ich Ihnen Bescheid, wenn unsere Band mal wieder einen Auftritt hat. Falls Sie Jazz mögen ... Wollen wir uns raus auf die Terrasse setzen?“
„Von mir aus gerne. Ist ja noch nicht kalt. Hmmm, von Jazz hab ich wenig Ahnung. Anhören würde ich mir das aber schon ganz gern mal. Ich kann mir das so gar nicht vorstellen: Sie am Saxophon.“
Obwohl die Aufforderung, die im letzten Satz mitschwang, nicht zu überhören war, ging Julia nicht weiter auf das Thema ein. Sie würde mit Sicherheit jetzt nicht anfangen, ihm hier was vorzutragen! Vielmehr öffnete sie schwungvoll die Terrassentür und trat in den kleinen Reihenhausgarten. Es war wirklich noch angenehm warm und die Grillen zirpten um die Wette. Julia holte schnell zwei Polsterauflagen und war erleichtert darüber, dass sie hier draußen quasi auf dem Präsentierteller saßen. Diese Tatsache würde ihr hoffentlich helfen, möglichst sachlich zu bleiben. Sie tranken schweigend ihren Kaffee. Es war ein angenehmes, fast schon vertrautes Schweigen.
Schließlich gab sie sich einen Ruck und sagte leise: „Wir gehen davon aus, dass der Mörder aus dem Verein kommt.“

Überrascht stellte Jan seine Tasse auf den Tisch, so heftig, dass der Kaffee fast bis zum Rand hochschwappte.
„Haben Sie eine konkrete Spur?“, fragte er und schob hinterher: „Oder dürfen Sie nicht darüber reden?“
„Nein, nichts Konkretes, das ist es ja ...“ Julia erzählte ihm von ihrer Theorie bezüglich der T´blade.
Jan nickte nachdenklich und fuhr mit dem Zeigefinger über den Rand seiner Tasse. Diese kleine Bewegung wirkte auf Julia so zärtlich, dass sie das impulsive Verlangen verspürte, seine Hand zu nehmen. Energisch rief sie sich zur Ordnung.
Jan, der nichts von dem Chaos in Julias Innerem bemerkt hatte und auch ihr laut klopfendes Herz nicht hörte, murmelte: „Was Sie da sagen, klingt ziemlich logisch. Aber es fehlt eben trotzdem das Motiv. Und ich kann mir beim besten Willen nicht vorstellen, wer aus dem Verein eines haben sollte. Außer mir ...“
Es sollte wohl scherzhaft klingen, aber Jan wirkte dennoch ein wenig beunruhigt. Julia legte ihm beschwichtigend die Hand auf den Arm, zog sie jedoch gleich wieder zurück, als sie merkte, dass die Berührung wahrhaft keinen guten Einfluss auf ihr professionelles Verhalten hatte.
Sie versuchte, etwas Distanz in ihren Tonfall zu legen. „Herr Keller, ganz ehrlich: Ihr Motiv schön und gut. Aber warum sollten Sie Markus Jensen ausgerechnet jetzt getötet haben und nicht schon vor einem halben Jahr? Sagen Sie mir lieber, ob Sie etwas über Jensen wissen, was uns weiterhilft. Ganz grundlos und zufällig sind Sie ja wohl nicht hier, oder?“
Jan suchte ihren Blick, dann antwortete er: „Ich wollte Sie wiedersehen. Ist das Grund genug?“

Julias Magen sackte ein Stück nach unten, um gleich darauf zurück an seinen angestammten Platz zu schnellen. Zum dritten Mal an diesem Abend spürte sie, wie es ihr heiß ins Gesicht stieg. Wenn sie sich nicht schleunigst wieder in den Griff bekam, würde ihr die Situation komplett entgleiten – und Strasser würde sie in der Luft zerreißen!
Der Gedanke an den Staatsanwalt half ihr, wieder halbwegs zur Vernunft zu kommen. Sie holte tief Luft, setzte sich betont aufrecht auf ihren Stuhl und sagte ein wenig lauter als nötig: „Herr Keller, bitte erzählen Sie mir alles, was Sie über Markus Jensen wissen. Vielleicht ist ja doch etwas Verwertbares dabei."
Jan schaute sie immer noch an. Der kurze verzauberte Moment war allerdings vorbei, sie hatte ihn erfolgreich zerstört. Resigniert nickte er und begann: „Das meiste wissen Sie doch eh schon. Jensen ist letzten Sommer zu den Tigers gekommen, weil er hier studieren wollte. Er war ein Schürzenjäger, wie er im Buch steht. Gewissenlos hat er einfach alles mitgenommen, was er erwischen konnte. In der Mannschaft war er mit seiner arroganten Art nicht besonders beliebt. Mit dem Training hat er es auch nicht wirklich genau genommen. Aber er war ein klasse Torwart. Deshalb hat der Trainer oft genug beide Augen zugedrückt, wenn er wieder fehlte. Henry Schwarz war ziemlich sauer deswegen, aber ich denke nicht, dass er Jensen getötet hat. Ich persönlich habe eher das Gefühl, dass Schwarz seine Fühler schon nach anderen Vereinen ausgestreckt hat. Er wollte spielen, sonst nichts. Und der Trainer hat wohl Jensen als die Nummer 1 gesehen. Ich weiß nichts von weiteren Streitpunkten in der Ersten, was

Jensen betrifft. Allerdings bin ich auch nicht wirklich nah dran.“
Er trank seinen mittlerweile kalten Kaffee aus. Als Julia nachschenken wollte, wehrte er ab.
„Und bevor Jensen zu den Tigers kam? Wissen Sie darüber etwas?“, fragte sie.
Jan zuckte mit den Schultern. „Nur, was geredet wird. Dass er vorher in Erding spielte. Aber viel erzählt hat er grad nicht von früher. Ich verstehe jedenfalls nicht, dass so ein Kerl wie Jensen in Bayreuth studiert anstatt in München. Zumal er von dort kommt. Der war ein Typ, für den das ganze Leben einfach nur Party war. In einer Großstadt wäre der besser aufgehoben gewesen ...“
„Eishockeykarriere?“, hielt Julia dagegen. Aber Jan lachte nur sein warmes, brummendes Lachen, bei dem Julia jedes Mal das Gefühl hatte, er würde sie damit streicheln. Unwillig schüttelte sie den Kopf und Jan, der diese Bewegung falsch deutete, verstummte verlegen.
„Entschuldigung. Nein, Eishockeykarriere hätte er auch eher woanders machen können. Und darauf war er auch nicht aus, das war ihm schlicht und ergreifend egal. Sonst hätte er ja wohl mehr dafür getan. Jensen war sexsüchtig. Das war, soweit ich weiß, seine einzige Leidenschaft. Nein, vielleicht wäre es wirklich ein Ansatzpunkt, wenn Sie herausfinden, was ihn eigentlich nach Bayreuth verschlagen hat.“
Er schaute kurz auf seine Armbanduhr. „Ich glaube, ich gehe jetzt. Tut mir leid, dass ich Sie belästigt habe.“
Mit diesen Worten stand Jan auf und ging zurück in die Wohnung. Julia folgte ihm und holte ihn im Flur ein. „Jan ...“

Sein Vorname war ihr herausgerutscht, und im selben Moment wusste sie, dass das ein noch größerer Fehler gewesen war, als den Trainer überhaupt hereinzubitten.
„Gute Nacht, Lieblingskommissarin“, flüsterte er mit rauer Stimme.
Julias Knie wurden wieder weich. Doch das war egal, denn plötzlich fühlte sie sich in seiner Umarmung geborgen, und als er sie vorsichtig küsste, konnte sie gar nicht anders als den Kuss zu erwidern.
Minutenlang standen sie im Treppenhaus und merkten nicht einmal, dass Leo miauend um ihre Beine strich. Aber schließlich setzte Julias Verstand wieder ein und sie schob Jan vorsichtig ein Stückchen von sich weg.
„Jan ..., wir sollten uns nicht mehr sehen, bis der Fall geklärt ist. Ich komme sonst in Teufels Küche ...“
Er sah ihr forschend ins Gesicht. „Bis der Fall geklärt ist? Vielleicht schaffe ich es so lange. Aber nur, wenn du mir versprichst, mit Hochdruck daran zu arbeiten.“
Julia nickte. „Inklusive Wochenendschicht“, sicherte sie ihm zu.
„Okay, ich werde dich vorerst nicht mehr besuchen. Sag Bescheid, wenn du den Mörder hast.“
Er küsste sie wieder, bis ihr schwindelig war, aber diesmal war er es, der sich losmachte. „Gute Nacht, Lieblingskommissarin“, flüsterte er noch mal und verließ eilig das Haus. Julia stand in der offenen Haustür und blickte ihm nach, als er den Südlichen Ringweg hinunterradelte. Sie wusste: Es hätte nicht viel gefehlt und sie hätte ihn nicht weggelassen. Leo maunzte vorwurfsvoll und verschwand in der nächsten Hecke, vermutlich um sich noch einen Nachtisch zu fangen.

„Hast recht, Leo“, murmelte Julia. „Ich bin ein Vollidiot. Strasser wird mich umbringen. Oder schlimmer – mir den Fall entziehen!“

Den Rest des Abends verbrachte Julia in einem gefühlsmäßigen Wechselbad aus Ärger, schlechtem Gewissen und nicht ganz jugendfreien Träumereien, in denen Jan die männliche Hauptrolle spielte. An Schlaf war überhaupt nicht zu denken, was sie auf den Kaffee schob. Zumal sie doch wusste, dass sie abends keinen vertrug. Nachdem sie eine Zeit lang rastlos durch ihre Wohnung gelaufen war, beschloss sie, lieber einen langen Spaziergang zu machen, und lief über die Wiesen hinauf zum Waldrand.

Es war eine helle Nacht, noch drei Tage bis Vollmond. Julia konnte selbst im Schatten der Bäume den Weg gut erkennen. Ganz automatisch schlug sie den Weg zum Buchstein ein. Gegen Mitternacht setzte sie sich fröstelnd auf einen der Sandsteinfelsen und fragte sich, wie verzweifelt Mara Berger wohl gewesen sein musste, um einen solchen Abgang zu wählen. War Jensen wirklich so charismatisch gewesen? Und hatte es für Mara wirklich keine andere Lösung gegeben? Wer hatte Jensen getötet? Wenn dieser Jemand ihn zuerst mit einer Axt erschlagen und hinterher die Kufe in die klaffende Wunde gesteckt hatte, dann war das nicht im Affekt geschehen, sondern vorher geplant gewesen. Abgesehen davon war die Tatwaffe, trotz gründlicher Suche in der näheren Umgebung des Eisstadions, immer noch nicht gefunden worden. Das Ganze machte auf Julia den Eindruck eines eiskalt und detailliert geplanten Mordes. Über ihren Gedankengängen wurde

es Julia so kalt, dass ihre Zähne irgendwann aufeinanderschlugen. Sie stand auf und machte sich auf den Heimweg. Erst vor wenigen Stunden war auch Adrian Berger hier gewesen und von Felsen zu Felsen gelaufen. Hoffentlich war er vernünftig genug, sich helfen zu lassen! Julia beschloss, ihn demnächst noch einmal zu besuchen, um mit ihm zu reden. Möglicherweise drang sie ja doch zu ihm durch und er war zu einer Therapie bereit?
Unwillkürlich wanderten ihre Gedanken zu Trainer Jan. Ob er wirklich so für sie empfand? Oder ... Sie wagte den Gedanken kaum zu Ende zu denken. Hatte er doch mehr mit dem Mord zu tun, als er vorgab? Wollte er sie nur ablenken? Nein – das konnte sie sich beim besten Willen nicht vorstellen. Außerdem, was sie wirklich beruhigte: Auch Stefan hielt Jan für unschuldig. Und auf seine Objektivität konnte sie sich verlassen, auch wenn ihre eigene sich spätestens heute Abend, zumindest vorübergehend, verabschiedet hatte. Julia seufzte tief auf. Als sie kurz nach ein Uhr morgens zuhause ankam, hatte sie einen Entschluss gefasst. Wenn sie Strasser am Montag keine brauchbaren Ergebnisse liefern konnte, dann würde sie den Fall abgeben. Wegen Befangenheit. Weil sie das allerdings nicht wollte, würde sie in den nächsten drei Tagen hart arbeiten müssen. Für sich, für ihren Job und weil sie herausfinden wollte, ob Jan es ernst meinte.

Da Julia noch immer kein bisschen müde war, schenkte sie sich ein Glas Rotwein ein und machte es sich in ihrem Schaukelstuhl gemütlich. Abdullah Ibrahim lief leise im Hintergrund, und sie machte sich daran, die Eishockeyzeitschrift zu lesen. Julia wollte versuchen, ein wenig mehr über diesen Sport zu erfahren, sich ein bisschen Hintergrundwissen anzueignen. Vielleicht konnte sie dann zumindest ansatzweise verstehen, was diese Männer bewegte. Zudem war sie dann nicht völlig unwissend, wenn sie Jan wiedertraf ...

Kapitel zwölf

„Boah – was ist denn mit dir passiert, Julia?" Stefan starrte seine Kollegin irritiert an.
„Warum, was soll denn sein?", zickte die zurück.
„Komm schon, ich kenne dich gut genug. Immer, wenn du derart angepinselt bist, fühlst du dich wie durch den Fleischwolf gedreht. Also, was hat dich um deinen Schlaf gebracht?"
Ein gutmütiges Grinsen zog sich über Stefans Gesicht, das besänftigte Julia allerdings keineswegs. Stattdessen sprang sie ihm fast ins Gesicht.
„Lass mich in Ruhe, Stefan! Wir haben einen Fall zu klären, nicht in meinem Privatleben rumzuwühlen!"
Stefans Grinsen verschwand und machte einem forschenden Blick Platz.
„Juliaaa", raunte Stefan gedehnt. Er schaute sich vorsichtshalber um, aber keiner ihrer Kollegen war in Hörweite. „Julia, hat das irgendetwas mit Jan Keller zu tun?"
Sie wurde knallrot. „Warum zum Teufel hast du eigentlich den Mörder noch nicht gefunden, wenn du doch so ein toller Schnüffler bist?", fauchte sie ihn an.
„Vielleicht, weil der nicht so verräterisch errötet wie meine liebe Kollegin, wenn sie ein schlechtes Gewissen hat."
„Stefan, du bist ein Mistkerl!" Julia schlug mit einer Akte nach ihm, setzte sich dann an ihren Schreibtisch und steckte die Nase in einige Schriftstücke, die mit der Hauspost gekommen waren. Aber obwohl sie von Kopf bis Fuß nur Abwehr ausstrahlte, kam Stefan ihr nach. Er setzte sich auf die Ecke ihres Schreibtisches

und nahm ihr mit einer energischen Bewegung die Unterlagen weg.
„Julia, was ist los mit dir? Es ist wirklich Jan Keller, oder? Hast du eine Dummheit gemacht?“
Julia schaute trotzig an Stefan vorbei. „Du redest, als wärst du mein Vater. Wir waren uns doch einig, dass er nicht der Täter ist. Warum regst du dich dann jetzt so auf?“
Stefan schüttelte den Kopf. „Vielleicht, weil er trotzdem ein Motiv hat? Vielleicht, weil Strasser explodieren wird, wenn er davon Wind bekommt? Vielleicht, weil du befangen bist und den Fall nicht mehr objektiv beurteilen kannst, wenn du ... Sag bitte nicht, dass du dich in ihn verliebt hast.“
„Stefan ...“
Er stöhnte auf. „Nein, das kann doch nicht dein Ernst sein!“
„Stefan, er war es nicht! Und wenn ich Strasser am Montag nichts vorweisen kann, dann gebe ich den Fall ab. Versprochen. Aber Jan war es nicht – glaub mir!“
„Und warum bist du dir da so sicher?“
Sie starrte ihn wütend an. „Warum zweifelst du jetzt plötzlich daran? Gestern warst du auch noch sicher, dass er als Täter ausscheidet!“
Stefan schüttelte wieder den Kopf. Er konnte nicht fassen, dass Julia sich derart unprofessionell verhielt. In all den Jahren, die sie zusammenarbeiteten, war es noch nie auch nur ansatzweise vorgekommen, dass sie etwas getan hätte, was sich nicht mit den Dienstvorschriften vereinbaren ließ.
„Oh, ich will gar nicht wissen, was los war“, knurrte er.

„Würde ich dir auch nicht sagen. Wenn überhaupt was gewesen wäre“, konterte Julia. Aber Stefan sah ihr an, dass sie log.
„Hat dein Trainer wenigstens irgendetwas rausgelassen, was uns weiterhilft?“, fragte er missmutig.
„Nun ja. Er meinte, es könnte vielleicht nicht schaden, wenn wir mal nachforschen, warum Jensen ausgerechnet in Bayreuth studieren wollte und nicht in München geblieben ist.“
„Ich finde, es könnte vor allem nicht schaden, wenn du mich nicht anlügst. Auch, oder gerade weil ich gesagt habe, dass ich gar nichts davon wissen will. Was du mit Jan Keller hast, ist deine Privatsache. Das interessiert mich nicht. Aber allein durch die Tatsache, dass du was mit ihm hast, wird es dienstlich. Und von daher finde ich es nicht okay, wenn du mir einen Bären aufbinden willst.“
Julia nickte traurig. „Ja, Stefan – du hast ja recht. Aber glaub mir: Das gestern war ein Ausrutscher, und wir haben ausgemacht, dass wir uns nicht mehr treffen, bis der Mord an Jensen aufgeklärt ist.“
„Deswegen bleibst du aber doch trotzdem noch befangen, Julia. Oder kannst du deine Gefühle auf Knopfdruck ein- und ausschalten?“
„Ich hab dir doch gesagt, ich gebe den Fall ab, wenn wir bis Montag nichts Greifbares ermittelt haben. Und damit das nicht passiert, sollten wir jetzt endlich anfangen zu arbeiten. Ich werde mal auf die Homepage der Gladiators schauen, und dir wäre ich dankbar, wenn du dich mal in ihrem Fanforum umsehen würdest.“

Sie schaltete ihren PC ein und Stefan rutschte von ihrem Schreibtisch herunter, um an seinen eigenen Arbeitsplatz zu gehen.

Die beiden hatten mit ihrer Recherche noch nicht richtig angefangen, als es an der Bürotür klopfte. Auf Julias „Herein!“ ging langsam und bedächtig die Tür auf und die Putzfrau des Eisstadions, Anna Wilmers, kam hereingetrippelt. Ihre grauen Locken wippten aufgeregt, als sie Julia und Stefan begrüßte.
„Gudn Morng mitdranander, Sie hamm doch neilich zu mir g’sogt, iich sollerd miich meldn, wenn mer nuch wos eifällt.“
Julia schaute die Frau erwartungsvoll an. „Und?“, fragte sie, da Anna eine viel zu lange Kunstpause machte.
Die Putzfrau holte tief Luft, schien um fünf Zentimeter zu wachsen und machte große, bedeutungsvolle Augen. „Mir is nuch wos eig’falln“, sagte sie in verschwörerischem Ton.
Wieder eine Pause.
Stefan rollte hinter Annas Rücken mit den Augen, kam dann wieder an Julias Schreibtisch und schaute Anna unfreundlich an.
„Frau Wilmers, wie wäre es, wenn Sie uns einfach erzählen würden, was Ihnen eingefallen ist?“
„Oba junga Moo, des wollt iich ja grodna. Oba Sie hamm miich ja unterbreeng missn.“
Sie musterte ihn mit einem vorwurfsvollen Blick und ließ ihn dann links liegen, um sich Julia zuzuwenden.
„Also, passn Sa auf: Wenn iich zum Eisstodion geh, nochadd treff iich imma dieselm Leid. Ned alla Doch. Oba nochara Zeid kennd ma sa scho. Und nochadd waaß ma, der old Moo mitm steifn Knie, der is aana vo

die Frieschwimma. Oda die Fraa mitm blaua Clio, die macht woll an Kurs im Sportzentrum. Und so weida und so ford."

Wieder verstummte sie und schaute Julia erwartungsvoll an. Die überhörte Stefans lauten Atemzug und ging auf das Spiel ein.

„Ja – und? Bitte erzählen Sie weiter."

Das ließ sich die alte Anna nicht zweimal sagen.

„Ja, oba na letztn Monndoch, als da Herr Jensn ..." – sie presste sich ein Taschentuch an den Mund, kniff die Augen zusammen und schüttelte den Kopf – „... als da Herr Jensn umbracht worn is, da is ma aufm Weech zur Ärbat aana begeng't, den hob iich vorher noch nie dort g'seng. Und danoch aa nimma."

Julia dachte, dass ja seitdem auch erst vier Tage vergangen waren, wollte aber trotzdem jeden Hinweis ernst nehmen. Also fragte sie freundlich: „Frau Wilmers, können Sie etwas genauer werden? Jede Kleinigkeit kann wichtig sein."

Anna nickte. „Also, warum ma des Berschla ieberhapt aufgfolln is: Der is so komisch gloffn. Reglrecht g'hinkt hodda. Und des, wu a nuch so jung war, hechstns finfazwanzich, wenn ieberhaupt. Wenn des net g'wesen wär, hätt iich ma nix dabei gedocht. Aba etzad is mer's widda eigfalln. Und ehrlich, der kummt do og'hinkt, und weida hintn is ja nix mehr. Außam Eistadion undm Sportzentrum. Es Hallnbod hat ja zug'sperrt im August. Also: Was hat der Moo nochadd da g'wollt?"

Julia nickte Anna aufmunternd zu, denn es kam ihr nicht vollkommen an den Haaren herzbeigezogen vor, was die Putzfrau da von sich gab.

„Können Sie uns etwas genauer beschreiben, wo Sie den Mann gesehen haben? Woher kam er, in welche Richtung ist er gelaufen? Wie hat er ausgesehen? Was hatte er an?“, hakte Julia nach.
Anna begann in ihrer Handtasche zu kramen und holte schließlich, mit einer triumphierenden Bewegung, einen beschriebenen Zettel heraus.
„Do, schaun Sa her: Iich hab alles aufg’schriem, wos iich nuch waaß. Dassa a jungs Berschla wor, hob iich scho g’sogt. Und, dassa hinkt. Kurza hellbrauna Hoor hadda g’habt, su komisch gschnittn, die warn alla hochg’standn. Und braun wie a Necha wora, wie frisch vom Urlaub. A Jeans hadda og’habt, Durnschuh und a dunkls Dieschärt. Dunklblau oda schwarz, des waaß iich nimma genau. An Rucksack hadda dabei g’habt, der wor aa dunkl. Net so richtich groß, halt a Rucksack, wie nan die junga Leit imma durch die Gegnd trogn. Wie iich na gseng hob, bin iich vo da Schul zum Stadion gloffn, wall iich wohn ja am Volksfestplatz. Iich wor grod auf da Höh vom Eingang vo da Obafranknhall, weida wor iich noch ned. Und er is vo da Richtung komma, wo da Eingang vom Eisstadion is. Und vom Hallnbod. Oba des is ja zug’sperrt. Ob a wärglich ausm Eisstadion rauskumma is, des konn iich ned sogn. Iich hob ja erschd za späd aufg’schaut. Jednfalls issa mer entgeng g’hinkt, ned wärglich schnell. Und do, wo die Litfasssailn is, do issa noch rechts abg’schwenkt und unda da Briggn durch, zu da Fußgängaampl am Ring. Iich hab na noch kurz hindaherg’schaut. Nochadd bin iich ins Stadion.“ Stefan mischte sich ein, es war ihm deutlich anzusehen, was er von der ganzen Geschichte hielt: nämlich gar nichts.

„Frau Wilmers, Sie haben ja offenbar noch ziemlich gute Augen für Ihr Alter, wenn ich das so sagen darf."
Sie funkelte ihn empört an. „Des derfn Sa a so song, des is nämmlich aa so!"
„So gute Augen, dass Sie den Haarschnitt auf diese Entfernung gesehen haben?", hakte Stefan nach.
„Wolln Sie etzad a Bescheinichung vo meim Aungorzt? Wall wenn iich als Butzfraa ned g'scheid seng ko, nochadd wärd des aa nix mitm g'scheid butzn. Also muss iich ja woll gut seng, sunsd wär iich scho längst ohne Ärbat."
Jetzt war Anna richtig eingeschnappt und Julia beeilte sich, sie wieder friedlich zu stimmen.
„Vielen Dank, dass Sie extra gekommen sind, Frau Wilmers. Meinen Sie, Sie würden den Mann wiedererkennen?"
„Iich glaab scho. Maanan Sa ebba, es kummat zu aaner Gengiebastellung?"
Es war Anna anzumerken, dass die Sensationslust sie gepackt hatte.
„Und kriechad iich nochadd a Belohnung?", fragte sie erwartungsvoll.
Julia lächelte sie freundlich an. „Wir werden Ihren Hinweis überprüfen, und wenn wir Sie noch einmal brauchen, dann sagen wir Ihnen Bescheid. In Ordnung?"
„Ja, machen Sa des! Monndochs, mittwochs und freidochs bin iich imma um die Mittagszeid im Eisstadion. Also wenn's Ihna bressiert – Sie könna miich ja orufn, wenn was wär. Ade mitranand!"
Anna trippelte wieder hinaus, ohne Stefan auch nur eines Blickes zu würdigen. Er starrte ihr unwillig hinterher.

„Sag bloß, du nimmst das ernst, Julia“, murrte er.
„Immerhin ist es ein Hinweis. Einer der wenigen, die wir überhaupt haben“, seufzte Julia frustriert.
„Ach, komm schon – du glaubst doch wohl nicht ernsthaft, dass da einer in die Kabine gehumpelt kommt und Jensen erschlägt. Weil der ihm ja den Kopf hinhält und sagt *bitteschön, wo ist deine Axt? Hier hätte ich gerne einen Schlag verpasst, wenn es geht.* Außerdem passt das überhaupt gar nicht zu der Theorie, dass der Täter aus dem Eishockeyumfeld kommt. Da fahr ich ja noch lieber nach Erding!“
Julia kaute nachdenklich auf ihrem linken Zeigefinger herum. Es knackte leise, als sie ein Stückchen Fingernagel erwischte. Schuldbewusst hörte sie sofort auf zu knabbern. „Und wenn es doch einen Zusammenhang gibt? Wenn wir einfach etwas übersehen? Ich werd’ noch verrückt!“

Während Stefan kopfschüttelnd hinausging, widmete sie sich wieder der Homepage der Gladiators. Aber sie fand keine brauchbaren Hinweise über den Vereinswechsel von Markus Jensen.
Stattdessen stolperte sie über einen kleinen Beitrag, der vor etwa drei Wochen bei den Gladiators-News veröffentlicht worden war:

Mike Strauß beendet Eishockey-Karriere endgültig – die Gladiators wünschen ihrem ehemaligen Star alles Gute für die Zukunft!

Julias Blick blieb an dem Namen hängen. Irgendwo hatte sie ihn schon gelesen. Sie versuchte, sich zu erinnern, spürte, da gab es etwas. Mike Strauß ...

Gerade als Stefan wieder zur Tür hereinkam, fuhr Julia kerzengerade hoch. „Stefan, ich muss mal kurz heim! Ruf bitte Jan Keller an, er soll herkommen, ich brauche seine Hilfe."
Stefan starrte sie verständnislos an. „Kannst du dich mal etwas klarer ausdrücken, wenn´s geht?", knurrte er. Mit Jan Keller hatte er so seine Probleme, weil er wusste, dass diese Geschichte Julia um Kopf und Kragen bringen konnte.
Aber sie hörte gar nicht hin. Im Hinausgehen rief sie ihm noch zu: „Und such im Internet, was du zum Namen Mike Strauß finden kannst!"

Zwanzig Minuten später stürmte Julia wieder ins Büro, triumphierend die Eishockeyzeitschrift schwenkend, die sie aus Jensens Wohnung mitgenommen und gestern Abend als Einschlaflektüre verwendet hatte. „Stefan, ich hab´s! Kommt Jan her?"
„Ja, er hat gesagt, es dauert noch etwas. Er kann nicht Knall auf Fall von der Arbeit weg. Aber bis um halb zehn will er hier sein."
Julia schaute auf ihre Armbanduhr. „Zehn Minuten, na okay. Hast du was über Mike Strauß gefunden?"
Stefan nickte. „Strauß hat für die Gladiators gespielt, muss ein sagenhaftes Talent gehabt haben. Er war so gut, dass er von der Bayernliga direkten Kontakt zur DEL bekommen hat. Iserlohn hat ihn zum Probetraining eingeladen und ihm wohl auch einen Vertrag angeboten. Der Kerl war scheinbar wirklich ein Ausnahmespieler. Beim letzten Spiel der Gladiators in der Saison 07/08, also vor etwa zweieinhalb Jahren, hat er sich aber so blöd verletzt, dass er seitdem nicht mehr spielen kann."

Mit einem leisen Seufzer setzte sich Julia auf ihren Schreibtischstuhl und zog die Augenbrauen hoch. „Und – weißt du mehr über diese Verletzung?“
Jetzt winkte Stefan ab. „Nein, ich hatte grad mal eine Viertelstunde Zeit, da war nicht mehr drin. Du bist übrigens ganz schön gerast.“
In diesem Moment klopfte es. Wesentlich energischer als vorhin. Jan Keller kam herein, ohne auf eine Antwort zu warten. Er nickte Stefan freundlich zu und strahlte dann Julia an.
„Hallo, Lieblingskommissarin“, begrüßte er sie.
Julia wurde rot, wogegen Stefan genervt mit den Augen rollte. Er räusperte sich demonstrativ, und Julia zeigte auf einen freien Stuhl.
„Jan, wir brauchen deine Hilfe. Sagt dir der Name Mike Strauß etwas?“
Jan musste nicht lange überlegen. „Wenn ich mich recht erinnere, dann ist das dieser Verteidiger, der vor ein paar Jahren den Unfall hatte. Als er grad auf dem Sprung in die DEL war, hat er sich verletzt. Irgendwas ganz Blödes, bei einem Spiel. Ist wohl in den eigenen Torwart reingerutscht, und der hat ihn dabei unglücklich mit der Kufe im Nacken erwischt. Ich habe erst neulich etwas drüber gelesen. Und jetzt steht wohl endgültig fest, dass Strauß nie mehr spielen kann.“
Julia nickte und schaute interessiert von Jan zu Stefan. „Genau darüber hab ich gestern Abend hier drin was gelesen!“ Sie wedelte mit Jensens Zeitschrift. „Und wisst ihr, wo Strauß gespielt hat?“
Stefan starrte sie irritiert an. „Bei den Gladiators. Aber was ...“
Jan dagegen fuhr hoch. „Sag bloß, der Torwart war Jensen!“, rief er.

Julia zuckte mit den Schultern. „Das stand nicht in dem Bericht. Aber das werden wir herausfinden. Danke, dass du gekommen bist, Jan."
„Nun, ich habe nichts gesagt, was du nicht schon gewusst hättest", gab er zu.
„Sonst weißt du nichts darüber?", fragte Julia sicherheitshalber.
Jan schüttelte den Kopf. „Ich hab dir doch gesagt: Jensen hat fast nichts erzählt über seine Zeit bei den Gladiators. Und wenn, dann waren es nur Weibergeschichten. Braucht ihr mich noch? Ich habe auf Arbeit heute nämlich noch ziemlich viel zu tun, mit einem Großauftrag. Und Training ist später ja auch noch."
Julia lächelte ihm zu. „Passt schon. Mach´s gut!"
Er antwortete nicht, sondern schaute sie nur an, bis Stefan sich abermals räusperte.
„Auf Wiedersehen, Herr Keller!", knurrte er ziemlich unfreundlich, woraufhin Jan ihm zunickte und schnell hinausging.

„Warum war er jetzt eigentlich da?", fragte Stefan als die Tür ins Schloss gefallen war genervt.
Julia schaute ihn strafend an. „Hätte ja sein können, dass ihm noch mehr dazu eingefallen wäre", meinte sie. Damit kam sie bei ihrem Kollegen allerdings nicht durch.
„Oh nein. Du hast nur einen Vorwand gesucht, um ihn zu sehen. Julia, was machst du, wenn er doch mit drinhängt?"
„Was zum Kuckuck ist dein Problem, Stefan? Glaubst du nicht, dass ich weiß, was ich mache?"
Er schüttelte den Kopf. „Ehrlich gesagt: nein. Julia, wenn es ganz dumm läuft, kann dich das Ganze deinen

Job kosten! Willst du meinen Rat hören? Zieh die Notbremse! Wenn der Fall geklärt ist und dein Trainer noch frei herumläuft, dann kannst du dir von mir aus eine Woche Urlaub nehmen und mit ihm auf die Malediven oder sonst wohin fliegen, mir egal. Aber solange der Mörder nicht gefasst ist, werde ich dabei nicht mehr zuschauen. Weißt du, ich will auch in Zukunft meine Fälle mit dir gemeinsam klären."
„Stefan, du übertreibst total. Es hilft keinem weiter, wenn das mit Jan von dir so aufgebauscht wird."
„Doch. Es hilft. Weil du offenbar nicht mehr ganz rund läufst. Deswegen muss ich auf dich aufpassen. Dazu sind Freunde da." Er versuchte ein Lächeln und Julia lenkte tatsächlich ein.
„Okay. Ich verspreche dir: Auch kein dienstlicher Kontakt mehr, bis der Fall geklärt ist. Funkstille. Wenn wir noch mal was von Jan wissen wollen, dann machst du das. Allein. Und jetzt rufen wir in Erding an. Es wird sich doch wohl einer in diesem Verein finden lassen, der sich an den Unfall erinnert."

Aber sie hatten Pech. Die Geschäftsstelle der Gladiators war freitags geschlossen, und auch die Verantwortlichen waren unter den auf der Homepage angegebenen Telefonnummern nicht zu erreichen. Verärgert warf Julia ihr Handy auf den Schreibtisch.
„Und jetzt?", maulte sie.
Stefan grinste. „Wie wär´s mit dem guten alten Internet?"
Er gab den Namen *Mike Strauß* in eine Suchmaschine ein, außerdem das Wort *Verletzung*. Es dauerte nur Sekunden, bis sein Grinsen noch breiter wurde.

„Schau mal, das ist damals durch die Sportpresse gegangen. Da haben wir ja einige Treffer.“

In den meisten Artikeln wurde nur erwähnt, was sie bereits wussten. Aber dann stießen sie auf einen Bericht im „Erdinger Tag“. Gespannt lasen sie ihn durch:

„Doppeltes Unglück für Starverteidiger Mike Strauß: nicht nur, dass seine Karriere durch den Unfall im gestrigen Heimspiel vorerst unterbrochen sein dürfte. Nein, obendrein war es sein Teamkollege und guter Freund, der Torhüter Markus Jensen, der ihm – wenn auch unabsichtlich und schuldlos – die schwere Verletzung zufügte. Strauß war bei einem spektakulären Abwehrversuch vor dem Gladiators-Tor gestrauchelt und mit dem Nacken in die Schlittschuhkufe seines Freundes Jensen gerutscht. Die Kufe traf ihn extrem unglücklich an der Wirbelsäule, sodass Strauß mit einer Lähmung des linken Beines kämpft. Wie lange diese anhalten wird, ob er jemals wieder völlig hergestellt werden kann, all das ist laut Aussagen der behandelnden Ärzte noch offen. Jensen, der den Puck in dieser Situation übrigens hielt, wirkte im weiteren Spielverlauf stark verunsichert, um nicht zu sagen geschockt. Er kassierte noch vier Tore. Auch als Team konnten die Gladiators den Ausfall von Strauß nicht kompensieren und unterlagen der Gastmannschaft letztlich mit 3 : 5.“

Julia blickte Stefan an, Zufriedenheit lag in ihrem Blick. „Ob diese Freundschaft das ausgehalten hat? Stefan, ich glaube, wir haben die Lösung. Strauß hat erfahren, dass es aus ist mit seinem Traum. Und Jensen, der das Ganze verursacht hat, macht sich vom Acker. Vielleicht ist er weggezogen, weil er keine Lust hatte, Strauß regelmäßig zu besuchen. Und jetzt hat ihm Strauß aufgelauert und dann – Auge um Auge – die T´blade in den Schädel gesteckt."

Endlich konnte sie ihrem Kollegen ansehen, dass ihre Theorie ihn überzeugte.
„Ja, das klingt schon logisch. Strauß könnte wirklich gedacht haben, Jensen wäre schuld. Und dafür wollte er Rache. Wie hast du gestern gesagt: die T´blade als Symbol. Symbol für seinen geplatzten Traum von der DEL-Karriere. Symbol dafür, dass sein Freund ihn im Stich gelassen hat. Am Ende hat Jensen ihm gar noch die Freundin ausgespannt – zuzutrauen wäre es ihm. Und dann, überleg mal: Strauß wollte unbedingt in die DEL und scheitert dann ausgerechnet an jemandem, der das Zeug dazu hätte, sein Talent aber nicht nutzt. Möglicherweise hat das auf Strauß ja wie die totale Verarschung gewirkt."
Stefan begann, sich mehr und mehr mit diesem Gedanken anzufreunden. Und Julia, die heilfroh darüber war, einen Verdächtigen gefunden zu haben, der nicht Jan hieß, ließ ihn diesen Faden weiter und immer weiter spinnen, bevor sie schließlich zum Telefon griff, um die Kollegen in Erding zu informieren.

Den Rest des Vormittags verbrachten Julia und Stefan mit leidigem Papierkram. Trotzdem waren beide gehobener Stimmung. Endlich glaubten sie sicher, den Mörder gefunden zu haben. Sollten ihn die oberbayerischen Kollegen festnehmen! Strasser würde am Montag zufrieden sein können, Julia würde Jan treffen dürfen und Stefan ein ruhiges Wochenende mit seiner Frau und den Zwillingen verbringen. Wenn der Wet-

terbericht stimmte, könnten sie noch mal ins Kreuzsteinbad – der Sommer war eh so mies und verregnet gewesen.
Mitten in diese Begeisterung platzte der Anruf der Kripo Erding. Mike Strauß war verhört worden, man musste ihn aber wieder laufen lassen.
„Was? Warum das denn?“, fuhr Julia hoch.
Der Beamte am anderen Ende der Leitung versuchte sie zu beschwichtigen.
„Frau Lehmann, mir homma nix gega eam in da Hand. Der Strauß hat a Alibi. Sei Freindin sogt, der wor die ganz Nacht bei ihr. Am Sonntag ham´s bei ihr zu Omd gessen, und bis Montag uma zwöife issa bei ihr blie´m.“
Wütend kickte Julia das Handy weg, kaum dass der Kollege sich verabschiedet hatte. Stefan schaute sie fragend an.
„Strauß hat ein Alibi!“, fauchte sie. „Und dieser Untermayer, der angerufen hat, der hat uns doch tatsächlich viel Glück bei den Ermittlungen gewünscht. Und ein schönes Wochenende.“
Das Hochgefühl war wie weggewischt. Am liebsten hätte Julia angefangen zu weinen. Tatsächlich kämpfte sie mit den Tränen, so wütend und enttäuscht war sie.
Stefan seufzte. „Was denn für ein Alibi?“, wollte er wissen.
„Ach ..., er war bei seiner Freundin. Die ganze Nacht – *bis Montag uma zwöife*“, äffte sie Untermayers Dialekt nach.
„Na ja, vielleicht sind wir ja auf dem Holzweg?“, meinte Stefan, aber es klang nicht sehr überzeugend.
„Nein! Sind wir nicht! Ich werde es dir beweisen. Los, komm mit!“

Sie griff nach dem Mannschaftsfoto der Gladiators, das auf ihrem Schreibtisch lag.
„Ach, Mist!“ Sie warf es zurück.
„Was hast du denn?“, fragte Stefan.
„Saison 2008/2009 – da ist Strauß ja gar nicht mehr drauf. Schau mal, ob du im Internet ein Foto von ihm findest.“

Kapitel dreizehn

Kurz darauf fuhren sie mit einem frisch ausgedruckten Foto ins Eisstadion, wo Anna gerade mit ihrem Putzwägelchen durch die Kabinen zog.

„Oha, des is oba schnell ganga ...“, meinte sie mit einem ironischen Seitenblick auf Stefan, der jetzt endgültig zu dem Schluss kam, dass er Anna nicht mochte. Selbst wenn sie zehnmal den entscheidenden Hinweis geben könnte.
Julia dagegen schaffte es, viel gelassener mit der alten Putzfrau umzugehen.
„Ja, das ging wirklich schnell. Würden Sie sich bitte mal dieses Foto ansehen – war das der hinkende junge Mann?“
Anna nahm ihr mit einer energischen Bewegung das Bild aus der Hand.
„Gem’s amoll her!“
Stefan murmelte leise eine unfeine Bemerkung vor sich hin. Allerdings waren Annas Ohren offenbar nicht mehr so gut wie ihre Augen. Julia warf ihm einen tadelnden Blick zu, aber Anna hatte nichts bemerkt. Sie beugte sich über das Foto und betrachtete es lange, intensiv und kommentarlos. Erst nach mehreren Minuten schaute sie wieder auf und schüttelte bedauernd den Kopf.
„Tut mer scho leid, oba iich ko’s ned sicher sogn. Die Hoor vo dem Moo seng annersch aus. Hella und länga. Und des G’sicht – iich bin mer fei wärklich ned sicher. Iich maan, des is ja schon a Wochn her, dass ich na gseng hab.“

Sie gab Julia das Foto mit einem Schulterzucken zurück, verabschiedete sich recht kleinlaut und zog ihren Putzwagen in die nächste Kabine.
„So viel zum Thema gute Augen“, schimpfte Stefan und schickte einen Fluch hinterher.
„Stefan, bitte. Das bringt uns doch auch nicht weiter“, murmelte Julia bitter. Sie war sich vollkommen sicher, dass sie dem Täter auf den Fersen waren. Nur fehlten ihnen jegliche Spuren oder sonstigen Beweise, um ihn überführen zu können.

Langsam verließen sie das Eisstadion, und Julia blieb grübelnd vor der Kasse stehen.
„Von hier ist er gekommen. Und da vorne steht die Litfasssäule. Ehrlich gesagt frage ich mich, warum Strauß nicht hier irgendwo geparkt hat, wo er doch so schlecht zu Fuß ist? Und wohin wollte er? Die nächsten Parkmöglichkeiten gibt es im Parkhaus Albrecht-Dürer-Straße. Oder dann am WWG. Keinesfalls würde man am Ring parken. Zumindest nicht, wenn man sich hier auskannte … Was wollte er also dort?“
Stefan ließ sich auf ihren Gedankengang ein. Während sie zügig die wenigen Schritte bis an den Ring liefen sagte er: „Willst du meine Meinung hören? Vielleicht ist er zur Bushaltestelle, die ist ja gleich hier vorne, dann mit dem Bus zur ZOH und von dort aus wohin auch immer. Vielleicht zu seinem Auto, das er irgendwo weit weg geparkt hatte. Das auswärtige Kennzeichen hätte ja jemandem auffallen können. Vermutlich hatte er davor Angst.“
„Meinst du, er fährt überhaupt Auto, mit dem kaputten Bein?“

„Warum nicht? Mit einem Automatik? Das halte ich auf jeden Fall für wahrscheinlicher, als dass er mit dem Zug hergekommen ist. Wenn er es wirklich war."
„Und die Tatwaffe? Glaubst du, er hat die Axt im Bus spazieren getragen?"
„Na ja, wenn er einen Rucksack dabei hatte, muss sie ja niemandem aufgefallen sein. Aber du hast recht – ich würde mich so was jedenfalls nicht trauen."
Julia nickte nachdenklich. „Stimmt. Stell dir nur mal vor, ihm begegnet jemand mit einem Hund und das Tier schnuppert das Blut an der Axt."
„Na, jetzt geht aber deine Fantasie mit dir durch. Es hat ja schließlich nicht jeder Hinz und Kunz einen ausgebildeten Polizeihund", lachte Stefan, worauf er sich neuerlich einen wütenden Blick seiner Kollegin einfing.
Energisch lief Julia die kurze Strecke zum Mühlbach hinüber, der sich behäbig neben dem Fußweg unter der Bahnunterführung entlangschlängelte, bevor er unter dem Ring verschwand, um erst bei der Gaststätte Lohmühle auf der anderen Straßenseite wieder aufzutauchen.
„Und wenn er sie da reingeworfen hat, seine Axt? Dann kann die schon wer weiß wohin geschwemmt worden sein."
Stefan stellte sich neben sie und stützte sich auf das Holzgeländer. Sein Blick folgte einem einzelnen Blatt, das scheinbar ziellos auf dem Wasser trieb.
„Nein, zu riskant. Das ist der Mühlbach, nicht der Main. So was Schweres nimmt der höchstens im Frühling bei Hochwasser mit, aber doch nicht jetzt. Und außerdem haben die Kollegen hier alles abgesucht.

Einschließlich Mühlbach. Wäre da was gewesen, hätten sie es gefunden."
Julia zwang ihn jedoch hartnäckig, ihren Gedanken weiterzudenken.
„Weißt du noch, es hat zwei Tage vor dem Mord gewittert und dabei geschüttet wie aus Eimern."

Während Stefan noch über Julias Worte nachgrübelte, kamen plötzlich Schritte näher und ein fröhliches *„Nanu – hat sich der Mörder in die Fluten gestürzt?"* veranlasste Julia, sich an den Holzstreben festzuhalten, weil ihre Knie schon wieder weich wurden.
Stefan drehte sich verärgert um, musterte Jan Keller abschätzig und fragte: „Was wollen Sie denn schon wieder?"
Jan zwinkerte Julia zu und antwortete grinsend: „Knabentraining! Auch wenn Sie über unsere Begegnung offenbar nicht so erfreut sind wie Ihre Kollegin."
Stefan holte tief Luft und knurrte dann wütend: „Wenn Sie so weitermachen, kann ich meine Fälle demnächst mit jemand anderem lösen! Julia kommt in Teufels Küche wegen Ihnen, kapieren Sie das nicht?"
Julia legte ihm beschwichtigend die Hand auf den Arm. „Stefan, bitte ..."
Er schüttelte sie jedoch unmutig ab, ohne den Blick von Jan zu lösen.
„Wenn Sie auch nur das Geringste für Julia übrig haben, dann seien Sie doch bitte so freundlich und halten sich von ihr fern."
„Sagt wer? Ihr Kollege? Ihr Freund? Ihr Partner? Welche Stellung haben Sie denn überhaupt, die Sie dazu berechtigt, für Julia zu entscheiden?", fragte Jan gefährlich leise.

Julia ging energisch einen Schritt nach vorn und stellte sich zwischen die beiden Streithähne.
„Es reicht jetzt! Seid ihr denn alle beide verrückt geworden? Stefan, ich hab dir heute was gesagt und daran halte ich mich auch. Versprochen. Und Jan - auf Stefan treffen alle drei Dinge zu. Mein Kollege, mein bester Freund und mein Partner. Rein dienstlich. Und ich möchte auch, dass er das bleibt. Deswegen ist es wirklich besser, wenn wir uns erst wiedersehen, wenn der Mörder verhaftet ist. Falls dir noch etwas zum Fall einfällt, dann wende dich bitte an Stefan, nicht an mich. Es ist besser so.“
Jan schaute von Julia zu Stefan. Jedes Gefühl verschwand aus seinem Blick. Dann nickte er kurz, bevor er sich abwandte.
„Nur noch eins!“, rief Julia ihm hinterher, und es klang Abbitte mit. Jan drehte sich, ohne die Andeutung eines Lächelns, zu ihr um.
Betont sachlich fragte sie: „Am Mordtag, bist du da hier am Mühlbach vorbeigekommen?“
Er nickte.
„Hat er da viel Wasser geführt?“
„Nein. Tags zuvor schon, von einem Gewitter. Aber das war schon durch. Er hatte kaum mehr Wasser als jetzt. War´s das?“
„Ja, das war´s. Bis irgendwann.“
Diesmal schaffte er es nicht, so unbeteiligt auszusehen wie zuvor. Ein kleines Lächeln fächerte in winzigen Fältchen um Mund und Augen auf, als er antwortete: „Viel Glück bei den Ermittlungen. Ciao!“
Mit schnellen Schritten lief er zum Eingang des Eisstadions, wo er mit Paulo zusammentraf. Die beiden Beamten hörten ein helles *„Sers, Trainer!“*, dann

winkte der Junge ihnen zu, bevor er neben Jan im Stadion verschwand. Julia hatte zurückgewunken und ließ mit einem Seufzer die Hand sinken.
„Dieser Paulo ist ein netter Kerl. Und es war echt beeindruckend, wie er sich neulich verhalten hat. Ich wollte, ich hätte so einen Sohn ..."
Stefan warf ihr einen forschenden Blick zu. „41 ist noch kein Alter, da kriegen viele Frauen heutzutage ihr erstes Kind", murmelte er so leise, dass Julia erst dachte, sich verhört zu haben.
Überrascht starrte sie ihn an. „Erstens wäre ich dann keine 41 mehr, zweitens bräuchte ich erst mal einen Mann und drittens weißt du genau ..."
Stefan winkte ab. Er hatte eh schon mehr gesagt, als er jemals vorgehabt hatte.
„Schon gut. Zurück zur Axt. Ich glaube nicht, dass er sie hier versenkt hat. Dann hätte er sie ja gleich im Stadion liegen lassen können. Hier wäre sie doch von den Kollegen gleich gefunden worden, und davon musste er auch ausgehen. Also, wenn er sie loswerden wollte, dann nicht hier. Müller hat sich ja sogar nasse Füße geholt, als er in die Unterführung reingewatet ist. Aber außer ein paar Ratten und einem alten Fahrrad hat er nichts gesehen."
Sie gingen unter der Bahnbrücke durch bis zur Bushaltestelle am Ring, wo Julia in den Abfalleimer schaute.
„Nichts, aber das war ja auch klar. Hier wurde auch gleich alles abgesucht und nichts gefunden. Und bis rüber zum Main genauso."
Wütend klatschte sie mit der flachen Hand gegen den Metallbehälter. Zu ihrem Ärger über den Mordfall, der ungelöst vor sich hindümpelte, obwohl der Täter zum Greifen nahe gewesen war, kam jetzt auch noch der

wieder hochgekochte Frust über ihre Kinderlosigkeit. Warum stand sie jetzt hier und war dem Heulen nahe, während dieser Mistkerl von Exmann mit einer Anderen einen Kinderwagen durch die Gegend schob?!? Stefan legte ihr die Hand auf die Schulter.
„Na komm, Randale bringt jetzt auch nichts. Pass auf: Wir lösen den Fall, kriegen am Montag von Strasser ein dickes Loblied gesungen und du kannst deinen Trainer treffen, sooft du willst. Wirst sehen, dann geht es dir besser … Und jetzt lass uns lieber überlegen, wohin Strauß wollte. Die Axt finden wir hier eh nicht. Vielleicht aber dort, wo Strauß als nächstes hin ist."
Einen winzigen Moment lang lehnte Julia sich an Stefan an, nur einen kurzen Augenblick Trost suchend. Und es war tröstlich zu wissen, dass sie in ihm einen Freund hatte. Sekunden später aber ging ein energischer Ruck durch ihren Körper und sie holte tief Luft. Stefan hatte recht: Es war idiotisch, hier etwas finden zu wollen. Die Suchtrupps hatten die gesamte Umgebung gleich am ersten Tag durchkämmt und mit Sicherheit keine Axt übersehen, nur damit die jetzt ausgerechnet Julia vor die Füße fiel. Missmutig starrte sie auf den Fahrplan, der an der Haltestelle aushing.
„Na prima! Wenn Strauß wirklich hier eingestiegen ist, dann ist er zur ZOH gefahren. Und von dort aus? Er kann in jede beliebige Richtung umgestiegen sein. Oder er ist über die Straße gegangen und dort drüben in Richtung Birken eingestiegen. Du meine Güte – wie sollen wir das bloß herausfinden?"
Stefan sah genauso schwarz wie Julia, wollte sich das jetzt allerdings nicht unbedingt anmerken lassen. Sie war ohnehin schlecht genug drauf. Er musste sie motivieren. Sie mussten diesen Mord einfach vor Montag

aufklären. Stefan hatte partout keine Lust, künftig ohne Julia zu arbeiten.
„Zwei Sachen: Erstens werden wir uns die Busfahrer vornehmen, die am Montag Vormittag auf Tour waren. Und zweitens werden wir noch mal im Notizbuch des feinen Herrn Jensen blättern – es würde mich nicht wundern, wenn wir die Freundin von Strauß auf der Liste finden. Und wenn dem wirklich so ist, wäre das doch auf jeden Fall ein Grund, sein Alibi etwas genauer zu beleuchten."
Er schickte ein aufmunterndes Lächeln in Richtung Julia, das diese dankbar erwiderte.
„Stefan, du hast recht – vom Jammern wird's nicht besser. Machen wir uns an die Arbeit!"
So gefiel ihm seine Kollegin schon besser, und Stefan nickte ihr zu.
„Ich checke die Busfahrer, und sobald ich etwas herausgefunden habe, melde ich mich bei dir. Fährst du zurück ins Büro?"
Julia warf einen Blick auf ihre Armbanduhr. „Halb eins. Und Freitag. Na, hoffentlich hast du Erfolg – die werden in der Verwaltung schon alle im Wochenende sein. Ich bin auf jeden Fall im Büro und wehe, ich finde diese Larissa Fehlberg auf Jensens Liste!"
Entschlossen lief sie in Richtung Parkhaus davon. Stefan ging zurück zur Bushaltestelle am Ring, um auf den Bus zu warten, der zur ZOH fuhr.

Er brauchte gar niemanden von der Verwaltung – schon der Fahrer des spärlich besetzten Busses konnte ihm weiterhelfen, denn er teilte sich die Tagschicht dieser Linie mit einem weiteren Kollegen. Beide waren

am Montag im Einsatz gewesen. Stefan zückte das Foto von Mike Strauß und zeigte es dem Fahrer.
„Haben Sie am Montag diesen Mann hier im Bus gehabt? Er müsste am Eisstadion eingestiegen sein, vermutlich in Richtung ZOH. Er hinkt auffällig. Seine Haare könnten kürzer sein als auf dem Bild."
Der Busfahrer nahm das Foto in die Hand und betrachtete es ohne großes Interesse.
„Humpelt, ja? Nein, da ist mir niemand aufgefallen. Aber fragen Sie doch meinen Kollegen, Georg Radler – leicht zu merken: Der einzige Radler, der einen Bus fährt und kein Rad!" Er lachte kurz über seinen Witz, und Stefan verzog anstandshalber die Mundwinkel, um ein Grinsen anzudeuten.
„Ich nehm Sie mit bis zur ZOH, da treffen wir ihn. Er fährt grad die entgegengesetzte Route. Am besten wird es sein, wenn ich ihn von unterwegs aus schon mal anfunke."

An der ZOH stieg Stefan um und holte das Foto von Strauß aus seiner Tasche, um es Radler unter die Nase zu halten. Der starrte es eine Zeitlang wortlos an, bevor er hochblickte und sagte: „Die Haare, die sind ganz anders gewesen. Aber ich glaube, der Mann war bei mir im Bus. Er hatte Probleme beim Laufen, deshalb hab ich den Einstieg abgesenkt." Er deutete auf einen Knopf an seinem Schaltpult. „Er hinkt, zieht ein Bein nach. Soll der was mit dem Mord zu tun haben? Das kann ich mir aber gar nicht vorstellen. Hat eher ausgesehen, als ob er einen Zivi oder so was brauchen könnte."
Stefan ließ sich nicht auf Details ein, sondern forderte Radler lediglich auf, nach Schichtende für eine Aussa-

ge aufs Revier zu kommen. Er stieg an der nächsten Station aus und schnappte sich, eine Glenn-Miller-Melodie auf den Lippen, sein Handy, um Julia anzurufen.
„So, Mike Strauß! Ich denke mal, wir haben dich“, murmelte er zufrieden, während er darauf wartete, dass Julia ranging.

***

Julia saß an ihrem Schreibtisch und blätterte in Jensens Beutekalender. Sie war schon einige Monate seiner Münchner Zeit durchgegangen, aber der Name Fehlberg war ihr bisher noch nicht untergekommen. Genervt überflog sie die Seiten und hatte das Gefühl, die Zeit liefe ihr davon. Da! Tatsächlich! Hier stand es, blau auf weiß: „Larissa Fehlberg 3.3. – halten – bis 6.3. Hätte mir mehr versprochen!“
Widerlich, diese Kommentare. Aber im Moment zählte nur, dass sie wieder einen kleinen Schritt weitergekommen waren. Eine Verbindung zu Mike Strauß.
„So, Strauß! Ich schätze mal, wir kriegen dich …“, flüsterte sie, ohne zu ahnen, dass fast im gleichen Moment ihr Kollege Stefan Siems beinahe dasselbe sagte. Automatisch schob sich das Bild von Trainer Jan vor ihr inneres Auge. Sie mussten Strasser einfach Ergebnisse vorlegen können, wenn der am Montag hier antrabte. Das schrille Klingeln ihres Telefons riss sie aus ihren Gedanken.
„Lehmann am Apparat! Was? Jetzt gerade? Natürlich, ich komme sofort. Bin schon unterwegs. Wo genau sagten Sie? Okay, bis gleich.“

Sie griff im Hinausgehen nach ihrer Jacke, die an der Garderobe hing, und lief mit schnellen Schritten zum Parkplatz.
Stefan, der wenige Minuten später in der Dienststelle anrief, bekam nur das Freizeichen zu hören. Unter ihrer Durchwahl war Julia jedenfalls nicht erreichbar.

Sie ignorierte ihr Handy, das sich unterwegs mehrmals meldete, und fuhr einen Tick zu flott auf den Parkplatz beim Zentrum.
Das Zentrum war ein beliebter Veranstaltungsort direkt am Main, zwischen WWG und Volksfestplatz. Jetzt, gegen Ende der Sommerferien, war hier allerdings tote Hose. Die Teilnehmer des Jugendfestspieltreffens waren vor zwei Wochen abgereist und der Hausmeister, Jochen Radewitz, hatte sich endlich auch einen kurzen Urlaub gönnen dürfen, bevor es Mitte September wieder losging mit Flohmärkten und Konzerten. Gestern war er zurückgekommen und hatte heute seine Runde gedreht, um nach dem Rechten zu sehen. Jetzt stand er ungeduldig wartend am Eingang des Zentrums. Als er Julias Auto sah, lief er ihr eilig entgegen und wedelte aufgeregt mit den Armen.
Gerade als sie den Motor abstellte, klingelte ihr Handy zum vierten Mal. Diesmal hob sie ab. Dem unruhig herumfuchtelnden Hausmeister machte sie beschwichtigende Zeichen, während sie Stefan keine Gelegenheit für Erklärungen ließ.
„Gut, dass du anrufst! Kannst du ... – wo bist du denn überhaupt genau? Josephsplatz? Gut, das ist nicht weit. Ich bin am Zentrum. Kannst du sofort kommen?“

Stefan klang leicht gereizt. „Willst du nicht wissen, was ich rausgefunden habe? Und was machst du überhaupt am Zentrum?“
Sie öffnete schwungvoll ihre Autotür und stieg aus. Während sie dem Hausmeister die Hand gab, sagte sie schnell noch: „Vielleicht haben wir die Tatwaffe“, dann steckte sie ihr Handy weg und stellte sich Radewitz vor.

Innerhalb von fünf Minuten war Stefan ebenfalls beim Zentrum angekommen. Er holte zwei-, dreimal tief Luft und drückte unauffällig seine Hand in die Seite, die, empört über den plötzlichen Spurt, vor sich hin stach. Bei einer längeren Verfolgungsjagd zu Fuß würde er wohl ernsthafte Probleme bekommen. Für einen winzigen Sekundenbruchteil hatte er vor Augen, wie er nach Abschluss dieses Falles mit Julia und Jan am Buchstein joggen würde. Schaden konnte es ihm nicht … Unwillig wischte er diese Vorstellung zur Seite und lief eilig die letzten Schritte zu seiner Kollegin hinüber, die angeregt mit dem Hausmeister redete.
Er zückte seinen Dienstausweis und Julia machte ihn mit Radewitz bekannt. Der nickte ihm zu und begann dann gleich mit seiner abenteuerlichen Erzählung. Offensichtlich hatten die beiden auf Stefan gewartet, denn Julia hörte ebenfalls gespannt zu.
„Also, wie ich vorhin schon am Telefon gesagt habe: Ich hab hier was Komisches gefunden. Und weil ich von dem Mord im Eisstadion gehört habe, dachte ich mir, das interessiert Sie vielleicht. Ich war nämlich im Urlaub und bin erst gestern spätabends zurückgekommen. Eigentlich hätte ich ja heute noch frei, aber Sie wissen ja, wie das ist: Wenn man erst mal da ist, dann

macht man auch. Ich musste doch wenigstens mal nach dem Rechten sehen. Ob noch alles steht und so. Heutzutage weiß man ja nie, wer grad wieder auf Randale aus ist. Und wenn erst mal was kaputt ist, lockt das immer mehr von diesen Kerlen an. Ich hab also meine Runde gedreht, alles hat gepasst. Und dann dachte ich mir, stellst die Mülltonnen wieder vor. Die hab ich nämlich extra hinters Haus gestellt, nicht dass sie im Bach liegen, wenn ich wiederkomme. Alles schon mal da gewesen. Und als ich die nach vorne bringe, denk ich mir: Was scheppert denn da so? Die waren ja frisch geleert, als ich weggefahren bin. Also war ich neugierig. Und jetzt kommen Sie mal mit!"
Mit bedächtigen Schritten ging er ins Foyer, wo eine Plastiktüte auf der Theke lag. Radewitz nahm sie hoch und hielt sie auf, sodass Julia und Stefan einen Blick hineinwerfen konnten. Stefan pfiff durch die Zähne, und Julia rief: „Jetzt aber!"
Das *„Jetzt haben wir ihn!"* verkniff sie sich gerade noch, um keine voreiligen Schlüsse zu ziehen. Aber es sah ganz danach aus, denn die Tüte trug den Werbeaufdruck einer Freisinger Firma und darin lag eine blutverschmierte Axt.

Julia und Stefan ließen Radewitz mit der Aussicht auf Belohnung im Foyer stehen. Während der Hausmeister bereits das Geld verplante, von dem er weder wusste, wie viel es sein würde, noch ob und wann er es bekäme, hatten sie die Plastiktüte schon für die Spurensicherung verpackt und fuhren los. Am liebsten wäre Julia mit quietschenden Reifen durchgestartet, so aufgekratzt war sie. Doch Stefan hatte ihr kurzerhand den

Schlüsselbund aus der Hand genommen und sich selbst hinters Lenkrad gesetzt. Er kannte sie einfach zu gut! Bevor Julia richtig protestieren konnte, fiel er ihr ins Wort: „Denk bloß nicht, dass ich gefaulenzt habe in der letzten Stunde! Ich hab den Busfahrer gefunden, der Strauß mitgenommen hat. Kommt in zwei Stunden aufs Revier, um seine Aussage zu machen. Er hat übrigens auch bestätigt, was diese Putzfrau gesagt hat: Strauß hat jetzt dunklere Haare und trägt sie kürzer. Julia, ich denke, das müsste reichen. Jetzt haben wir Strauß am Schlafittchen!“

Der Rest war Routine. Abermals wurden die Münchner Kollegen beauftragt, sich Strauß vorzunehmen. Und während die Forensiker sich über die blutige Axt hermachten, klingelte Kollege Untermayer Sturm an der Wohnungstür von Larissa Fehlberg. Am späten Abend rief er in der Bayreuther Dienststelle an und berichtete Julia und Stefan haarklein, was passiert war: Zuerst hatte Larissa Fehlberg alles abgestritten und war bei ihrer Version der Geschichte geblieben. Als Untermayer jedoch die beiden Zeugen ins Spiel brachte, kippte ihre Aussage.
„Mike hat zu mir gesagt, ich soll erzählen, dass er bei mir war. Ich hab nicht gewusst, wo er hin wollte. Er hat nichts davon gesagt, dass er zu Markus fährt. Und dass Markus tot ist, habe ich erst heute von Ihnen erfahren.“
„Also war Mike Strauß zur Tatzeit nicht mit Ihnen zusammen?“
Sie schüttelte den Kopf und begann heftig zu weinen.

Mike Strauß allerdings brachte noch eine weitere Version ins Spiel. Damit konfrontiert, dass er in Bayreuth erkannt worden und die Tatwaffe aufgetaucht war, berief er sich zunächst auf das Alibi, welches Larissa Fehlberg ihm geliefert hatte. Als das jedoch bröckelte, schwor er Stein und Bein, dass seine Freundin sehr wohl Mitwisserin des Ganzen gewesen war.

„Sie hat mich immer wieder aufgehetzt gegen Jensen. Wär gar nicht nötig gewesen, ich hab ihn ja eh gehasst wie die Pest. Muss man sich mal vorstellen. Er war schuld an meinem Aus und hat es nicht für nötig befunden, mich auch nur ein einziges Mal zu besuchen! Und während ich in der Reha war, hat er fröhlich weiter Weiber aufgerissen und Karriere gemacht. Nein, nicht Karriere. Ich hätte alles dafür gegeben, wieder spielen zu können. Und der hat sein Talent mit Füßen getreten. So ein Arschloch! Und ich hatte gedacht, er wär mein Freund! Mit Larissa hat er es genauso gemacht: benutzt und weggeworfen. Der hat nichts besseres verdient, für den war der Tod noch zu gut. Eigentlich wollte ich ihn nur so schwer verletzen, dass er ebenfalls nicht mehr spielen kann und keine Weiber mehr abkriegt. Aber als er aus der Dusche kam, da ist es mit mir durchgegangen. Ich wollte ihm die Wirbelsäule zerhacken, damit er im Rollstuhl sitzt. Und die Kufe in die Wunde stecken, so wie er damals seine Kufe in meinen Hals gebohrt hat. Auge um Auge … Aber als er rauskam, hab ich's nicht mehr ausgehalten. Ich hätte nur warten müssen, bis er zwei Schritte weiter ist. Aber ich war so blind vor Wut. Ich wollte an dem Tag eigentlich nix von ihm, ich wollte mich ja nur umschauen, damit ich mich zurechtfinde im Eisstadion. Abpassen wollte ich ihn ursprünglich erst ein anderes Mal. Und dann ist der Idiot plötzlich genau vor mir ins Eisstadion rein und bemerkt mich nicht mal – als wäre ich Luft! Da hab ich rot gesehen und bin ihm hinterher. Ich hab's plötzlich nicht mehr erwarten können. Die Axt hab ich ja immer mit mir rumgetragen, die brauchte kein anderer zu sehen. Mit der wollte ich ihm den Rücken zertrümmern, damit er merkt, wie es ist! Leiden sollte er! Nächtelang hab ich an der T'blade gefeilt, mich drauf gefreut, sie in seinem Fleisch zu versenken, bis die Wirbel knirschen. Und dann schlag ich Idiot zu fest zu. Ich hab's vermasselt. Mist! Er hat nicht gelitten. Der Scheißkerl hat mich wieder drangekriegt. Ich werd mein Leben lang Schmerzen haben, das kratzt keinen."

Julia schaute Stefan nachdenklich an. „Unglaublich, oder? Also wirklich eine Ritualtat. Wie wir vermutet haben – die Kufe war das Symbol. Jetzt bleibt nur noch abzuwarten, wie tief die Fehlberg da tatsächlich mit drin steckt."
„Tja, würde mich nicht wundern, wenn sie Strauß einfach nur benutzt hätte. Als Werkzeug für ihre persönliche Rache.
Sag mal, hast du Lust, zu uns zum Abendessen zu kommen? Monika hat Lasagne warmgehalten und würde sich freuen, dich mal wiederzusehen. Die Jungs mit Sicherheit auch."

***

Die Schlagzeile im Nordbayerischen Kurier für diesen Samstag wurde noch in letzter Minute geändert:
„Torwartmörder gesteht: Ich tötete den Tiger aus Rache!“
Und der Bericht für Strasser stand auch, zumindest der vorläufige.

Monikas Lasagne war lecker gewesen und der Abend gemütlich und ziemlich spät bei Familie Siems ausgeklungen. Julia hatte mit den aufgedrehten und kein bisschen müden Zwillingen sogar einen wilden Wettkampf an der Wii ausgefochten, ohne hinterher wehmütig zu werden. Stefan hatte privat einfach mehr Glück gehabt als sie, Ende. Damit konnte sie leben, schließlich waren Stefan und Monika echte Freunde, auf die sie sich verlassen konnte. Immer!

Zufrieden drehte sie sich an diesem Samstag Vormittag noch einmal im Bett um. Dass Leo dies durch ein lautstarkes Schnurren in ihr rechtes Ohr als gar nicht gut befand, überhörte sie ausnahmsweise geflissentlich.
Strasser würde zufrieden sein. Der Fall war aufgeklärt. Der Mörder gefasst. Oder die Mörder. Das musste sich noch zeigen. Sie würde Jan wiedersehen. Und vermutlich noch mehr …

Als es Sturm klingelte, sah sie ihren Kater fragend an. „Wer kann das denn sein, Leo? Wollen wir nachsehen?“

Natürlich kannte sie die Antwort bereits. Sie griff im Vorbeigehen nach ihrem Morgenmantel, huschte die Treppe hinunter und riss schwungvoll die Haustür auf.
„Hallo Lieblingskommissarin!“
Der tiefe Bass vibrierte derart, dass ihre Knie schwach wurden. Jan winkte mit der Samstagsausgabe des Kuriers und seine Augen funkelten unergründlich. Leos vorwurfsvolles Maunzen hörte keiner mehr …

Mein Dank gilt all denen, die mich beim Schreiben dieses Buches unterstützt haben, sei es durch konstruktive Kritik, Aufmunterung in zähen Phasen oder durch fleißiges Testlesen.

Ganz besonders bedanken möchte ich mich bei Th. Förster, den ich wahrlich oft genug mit meinen Fragen zum Thema Polizei gelöchert habe, ohne dass er je die Geduld verloren hat.

Aber vor allem und in erster Linie bei meinem Mann, der meine Schreibwut und Fantasie nebst sämtlichen Auswirkungen mit erstaunlicher Gelassenheit erträgt und mitträgt.

Und natürlich großen Dank an den Entdecker der Kaffeebohne!

Antje Haugg,

wurde 1965 in Bayreuth geboren, wo sie zusammen mit ihrem Mann, den drei wilden Weibern und allerhand Getier lebt.
1982 gewann sie den regionalen Lyrikpreis des „goldenen Liebri“ und es kam 1988 zu einer ersten Veröffentlichung („Meine Gefühle schlagen Purzelbäume“, ISBN 3-9802003-0-2).
Danach sorgte die Tätigkeit in der Finanzverwaltung und als Steuerberaterin für eine lange kreative Pause. Mittlerweile ist sie ausschließlich für Familie, Haus und Garten zuständig.
Im Herbst 2009 wurde ihr Eishockeyroman für Kinder „Auf geht´s, Minitigers!“ (ISBN 978-3-86805-485-9) veröffentlicht, bevor sie sich im Winter dem Krimigenre zuwendete.

Jacqueline Reese

Spitzberch

Frankenkrimi

210 Seiten • 12,80 € • ISBN 978-3-943160-03-1

Kulmbacher Bierfest: Wie jeden Sommer strömen tausende Besucher in die Biermetropole Oberfrankens, um das Bierfest in vollen Zügen zu genießen. Doch die Festtagsstimmung wird getrübt. Eine brutale Mordserie an jungen Frauen erschüttert die sonst so friedliche Gegend Oberfrankens. Der Täter scheint immer wieder magisch vom Spitzberg in der Nähe Kulmbachs und einem kleinen Dorf angezogen zu werden. Dort legt er seine Opfer nahe eines Waldbauernhäuschens ab. John Heusinger, ein zurückgezogen lebender Schriftsteller, findet die Leichen und gerät in Verdacht selbst der Täter zu sein.
Kommissar Lux, Leiter der Kulmbacher Polizeidienststelle, will den Mörder unbedingt dingfest machen bevor weitere Morde geschehen. Ihm zur Seite steht die ambitionierte und sympathische Kollegin der Bayreuther Kripo Hopfner. In einer der schönsten Naturlandschaften Deutschlands ermittelt ein Hauptkommissar in seinem ersten Fall. Die hier beschriebenen oberfränkischen Orte, die kleinen Dörfer, Gastwirtschaften und die hier als Kulisse gewählte Stadt Kulmbach, lassen den Leser eintauchen in eine authentische Welt, wie der Besucher dieser wunderschönen Landschaft sie auch heute noch zu erleben vermag.

Jacqueline Reese

Herrenstein

Frankenkrimi

325 Seiten • 12,80 € • ISBN 978-3-943160-07-9

Weihnachten in Kulmbach: Wie überall freuen sich auch die Menschen rund um die Biermetropole Oberfrankens auf ein ruhiges und beschauliches Weihnachtsfest.
Doch kurz vor dem Fest geschieht in den umliegenden, tief verschneiten Wäldern ein grauenhafter Ritualmord, dem ein weiterer folgen soll. Kommissar Lux und seine Mitstreiter stehen vor einem Rätsel.

Bei den nun folgenden Ermittlungen in den Rauhnächten, der mystischen Zeit zwischen den Jahren, stößt Lux in seinem zweiten Fall bei der Suche nach den Mördern an seine Grenzen und gerät dabei selbst in Lebensgefahr.

Susanne Preusker

Die Verwahrten

300 Seiten • 12,80 € • ISBN 978-3-943160-08-6

Einige Sicherungsverwahrte werden aus der Maßregel entlassen und verschwinden aus unerklärlichen Gründen von der Bildfläche. Politik, Polizei und Justizvollzug sind zunächst wenig beeindruckt, dann ratlos. Im Spannungsfeld zwischen politischen, juristischen und sehr persönlichen Interessen beginnt eine halbherzige Suche und mündet in einem Wettlauf mit der Zeit. „Die Verwahrten“ erzählt vor dem Hintergrund der aktuellen Diskussion um die Sicherungsverwahrung eine Geschichte, in der es keine Gewinner geben kann. Und kein Happy End.

„Die Verwahrten“ erzählt eine Geschichte, die uns hoffentlich erspart bleiben wird.

Eugen Weschke

Die Tote vom Hochmoor

235 Seiten • 12,80 € • ISBN 978-3-943160-04-8

„Das Hochmoor war in gespenstisch wirkende Nebelschwaden gehüllt, über denen ein heller Dunst hing. Soweit das Auge reichte, säumten Moorpflanzen, krüppelige Birken und Weidensträucher den Weg aus Holzbohlen, der über die Tücken dieses todbringenden Morastes führte.“

Bei der Durchquerung dieses Moores stoßen Wanderer auf einen Frauenschuh aus den frühen Jahren des 19. Jahrhunderts. Die Polizei birgt den dazu gehörenden Körper einer jungen Frau, die vermutlich einem Gewaltverbrechen zum Opfer fiel.

Ist es möglich, ein Tötungsdelikt nach fast 90 Jahren noch aufzuklären? Dieser Aufgabe stellt sich die Kriminalkommissarin Antonia Moosbach. Sie sucht in dieser wunderschönen, oft geheimnisvollen Landschaft, mit ihren Menschen, Bräuchen, Sitten und Traditionen, nach Ansatzpunkten für die Lösung dieses Falles.